CHOIX

DE POÉSIES

BUCOLIQUES.

CHOIX

DE POÉSIES

BUCOLIQUES,

A L'USAGE

DES JEUNES DEMOISELLES.

A LYON,

Chez DOMBEY, Libraire ; rue
Saint-Dominique.

1789.

LETTRE

SUR LA POÉSIE PASTORALE;

A MADEMOISELLE D****,

QUELS que foient les efforts de
l'homme du jour à répandre le vernis
du ridicule fur tout ce qui ne porte pas
les couleurs de la perverfité *délicate*, (1)
quelque tranchant que foit l'arrêt du
Légiflateur de la poéfie françaife fur les
tableaux de la vie paftorale, ce premier

---

(1) Cette épithète, qui, dans toutes les langues
vivantes, ferait incompatible avec le mot perverfité,
ne lui eft point étrangère dans la nôtre ; une des
qualités particulières à l'efprit, ou, pour mieux dire,
à l'organifation de l'individu françois, étant de tout
embellir du charme de la délicateffe, tout indiftinctement, tout, jufqu'aux défauts, jufqu'à la perverfité,

période des fociétés n'eft point une fiction poétique , & votre goût pour la Mufe champêtre , ne faurait être confidéré comme un faux befoin du fecond âge , qui chérit encore les illufions du premier , ces doux & innocens bercemens de l'enfance : non , ce goût , que vous femblez craindre d'avouer , n'eft point une erreur de l'efprit , mais un befoin , une tendance du cœur , produite & entretenue par le fentiment d'analogie avec les acteurs fimples , ingénus , fenfibles & fur-tout vertueux , à' qui , feuls , peut appartenir la fcène bucolique (1).

---

(1) A l'époque où Théocrite reftaura le genre paftoral , perdu depuis Salomon , les bergers étant divifés en trois claffes , & la première étant celle des propriétaires de troupeaux de bœufs , *Bucchos* , ce poete donna à fes Idylles l'épithète de bucolique , adoptée par les Latins & fucceffivement par les Modernes. Mais l'ufage en eft enfin à-peu-près tombé , & on ne donne plus à cette efpèce de poeme , que les titres d'Idylle ou d'Eglogue , qui fignifiaient en grec , le premier , petit poeme en vers ; le fecond , triage d'Idylles ; quant au poeme paftoral à plufieurs chants , il eft d'invention moderne , ainfi que la comédie & le roman.

Le période de l'âge d'or eſt, il eſt vrai, conſidéré comme fabuleux, parce que l'homme des vertus, qui le conſti-—tuait, s'offre ſi rarement à nos yeux dans l'état de civiliſation perfectionnée, que la philoſophie, la religion, et la loi même, ont cru devoir le mettre au rang des êtres abſtraits;

Non, ce n'eſt qu'une belle fable;

dit l'auteur du méchant,

N'envions rien à nos aïeux,

En tout tems l'homme fut coupable;

En tout tems il fut malheureux.

mais ſi Greſſet, mais ſi la foule des philoſophes qui ne croient leurs ſem-blables organiſés pour le crime que parce qu'ils, les jugent dans les angoiſſes du cœur ou de l'eſprit; ſi ces détracteurs de l'homme l'avaient obſervé dans le ſilence des intérêts reſpectifs, dans le calme de leurs propres affections, ils auraient vu que le penchant au mal, n'eſt qu'une dégradation morale opérée

par les befoins factices , & non , & nul-
lement le crime d'une nature créatrice
coupable ou impuiffante. L'homme que
notre intérêt nous fait chercher inutilement dans chacun de ceux qui nous
entourent , l'homme dont la Mufe paftorale eft efpécialement chargée de nous
offrir les traits. , l'homme des vertus ,
en un mot , cet homme a exifté ; il
était celui du régime patriarchal des
peuples primitifs , tout nous l'attefte. ;
tout , les regrets des générations , l'effence invariable du cœur humain , le
fentiment qu'infpire la feule idée d'un
être bon & vertueux ; ce fentiment
d'analogie , fi doux à éprouver , & qui ,
feul , produit en vous cet empreffement.
avec lequel , après avoir admiré les
beautés de l'art dans les autres genres
de poéfie , vous revenez à celui dont
les pinceaux , les couleurs & les modèles
font fournis par la nature même , par
la nature vierge , fi j'ofe me fervir de
cette expreffion:

D'ailleurs , comment fe refufer à croire

que cet homme a exifté, lorfque nous le retrouvons encore, & à peu de modifications près, dans les petites familles qu'une conformité d'opinions particulières a formées au fein des grandes, & que leur fyftème religieux a ramenées à la manière d'être du premier pacte focial ? Jetons les yeux fur les Anabaptiftes réunis à l'extrémité feptentrionale du Jura, fous la protection de la république de Bâle : quel tableau touchant offre l'exiftence de fes victimes, *à venir*, de l'erreur ! le ciel, qui eft forcé de les rejeter pour ce tort de leurs pères, le ciel femble avoir voulu concilier fa juftice & fes décrets, en les dédommageant du refus de la félicité future par la jouiffance du bonheur préfent, d'un bonheur mérité par le caractère de fenfibilité qu'ils donnent à cette erreur ; par leurs principes moraux, pleins de juftice & d'indulgence ; par leur exiftence, enfin, auffi útile que douce & pure. Ecoutons-les dans le premier acte de leur journée ; ce feul acte fuffira à mettre en lumière leur ame toute entière, leur ame, fimple, vertueufe & fans tache.

PRIÈRE DU MATIN (1).

Tendre père de la nature
Et des faibles humains pour lefquels tu la fis,
     Reçois comme une offrande pure
Dès l'aube du matin les vœux d'un de tes fils.

     Docile à notre fimple culte ,
En te cherchant par lui fi mon efprit erra ,
     Du moins, mon cœur qui te confulte
En t'aimant, ô mon Dieu ! jamais ne s'égara.

     L'aftre du jour en fa carrière
Vient éclairer le monde & mes pas & mes yeux,
     Qu'ainfi ta divine lumière
Illumine mon ame & me luife des cieux.

─────────────────────

(1) Cette traduction , quoique abfolument littérale, eft cependant bien inférieure à l'original par l'éloquence de l'expreffion , fortie brûlante d'un cœur Anabaptifte , & fentie feulement par le traducteur.

Fais que ton célefte évangile ,
M' inftruife, me confole & me guide à la fois ;
Et que fon influence utile
Se peigne en ma conduite & parle par ma voix.

Au cœur de chaque homme , mon frère ,
Mets l'amour & la paix qui règne dans mon cœur.
Et fi mon culte a fu te plaire ,
Par le bonheur d'autrui affure mon bonheur.

O ! fi la sève fécondante
Ravive la nature au retour du printems ,
Seigneur , au gré de mon attente,
Que ton efprit m'infpire & m'anime en tout tems.

La rofe dont l'éclat s'efface ,
S'ouvre encor à la vie au vent frais du matin ,
De même au fouffle de la grâce
S'épanouit mon cœur, exempt de tout chagrin.

Puifque par ta bonté fuprême
Chaque jour je vois croître & mûrir mes épis , (1)
Fais que j'apperçoive de même
S'élever fous tes yeux mes filles & mes fils.

_____

(1) Ils font agriculteurs & tifferands.

Si tu veux, les arbres ftériles
Et de fleurs, & de fruits foudain font revêtus;
Veuille que mes enfans dociles
Portent des fleurs en grâces, & des fruits en vertus.

Prolonge mes jours fur la terre,
Si je puis de ta part y faire quelque bien;
Et qu'honneur du front de mon père,
Les cheveux blancs du jufte oinent auffi le mien.

Que la navette fugitive
Qui d'une de més mains à l'autre va toujours,
M'apprenne d'une vie active,
Et l'important ufage, & le rapide cours.

Libre de ce corps qui l'enchaîne
Qu'en te quittant, Seigneur, mon ame aille en ton fein,
Pareille à l'eau de ma fontaine,
Qui, fidelle à fa pente, arrive au lac voifin.

Une telle effufion de cœur, ou, fi l'on veut, le fimple rappel de ces fentimens confacrés, ou feulement la répétition routinale d'un tel acte préparatoire, ne doit-elle pas donner fon mode, imprimer fon caractère à toutes les dé-

terminations qui remplissent successive-
ment les intervalles du jour? oui, sans
doute, & ne fût-ce que par suite de la
première impulsion reçue, chacune d'elles
doit prendre sa direction au bien, même
à l'insçu de la volonté ; elle le doit ,
sur-tout dans une société où la pente
tracée par l'intérêt commun n'est obs-
truée ni contrariée par aucun besoin
factice, où la considération n'est point
décernée à l'opulence, où l'estime n'est
accordée qu'à la pureté des mœurs.
L'homme des vertus existe donc encore ;
or, s'il existe, 'son admission dans les
siècles primitifs, n'est point une fiction
poetique, & votre goût pour les tableaux de l'âge d'or n'est pas moins fondé
sur un passé réel que sur le désir bien
naturel de vous retrouver dans les personnages si intéressans qui animent les
scènes de la Muse moderne.

Je dis moderne, parce que celles de
Syracuse, de Rome, & même du Liban,
n'ont jamais fait résonner de la flûte
champêtre que les seuls tuyaux érotiques.

Soumis au goût de leur siècle, les poëtes furent dans tous les tems les apôtres de la passion commune à tous. Si quelques-uns, sensibles par tempérament, & délicats par éducation, ne l'ont, comme Bion & Moschus, Néméfien, Sananzar & Racan, ne l'ont préfentée qu'avec une draperie qui deffinant le nu gracieux, s'épaifliffait fur le refte ; d'autres, comme Théocrite, Virgile, Calpurnius, le Mantouan, le Taffe, &c. plus emportés que tendres, plus cyniques que galans, l'ont peinte fans voile & dans toutes fes attitudes. Elle feule exerçait leur génie, elle feule occupait leur pinceau ; toute autre manière d'être, tout autre mouvement de l'ame leur étoit, pour ainsi dire, inconnu ; ils femblaient n'avoir vu la nature que d'une feule place & dans une feule action ; auffi, quelque prodigue qu'elle eût été envers eux, ils étaient deffinateurs, ils étaient coloriftes, mais ils n'étaient point peintres ; & la Mufe bucolique fe trouvait encore renfermée dans ce cercle étroit du délire, lorfque les mœurs anglaifes, régénérées fous la reine Anne, & modelées, fortuitement, fur celles du période patriarchal & paftoral de l'hiftoire facrée, lui ouvrirent les champs vaftes & fertiles du fentiment, en lui offrant la nature morale fous fes afpects les plus intéreffans.

Cependant l'enthoufiafme couronnait encore les chants érotiques de Philips, de Pope & de l'enjoué Gay ; mais Thompfon, commandé par fon génie & fur-tout par la vive impreffion des beautés échappées à fes prédéceffeurs, Thompfon, qui fous les derniers Stuarts n'eût été comme eux que le froid ou l'obfcène copifte des anciens, l'heureux Thompfon ofa dédaigner l'antique chalumeau, trop long-tems confacré, il ofa célébrer les douces affections de l'ame, mettre fur la fcène champêtre l'homme de la nature & des vertus, & mérita le titre de créateur de la Mufe paftorale anglaife.

D'ailleurs, quelque fupérieure qu'elle fût à celle qui infpira les Grecs, les Latins & leurs imitateurs, elle ne devait

jamais parvenir au degré de perfection
dont le genre paſtoral eſt ſuſceptible :
premièrement, le défaut d'aménité dans
le commerce intime , occaſionné par
l'influence du climat ſur la conſtitution
animale , & particulièrement ſur le genre
nerveux ; ce défaut , commun à tous les
individus Anglais , la privait de modèles
pour les nuances du ſentiment , qui ſeules
conſtituent la délicateſſe caractériſtique
du berger de l'âge d'or. Secondement ,
ſi l'étude des poetes ſacrés lui avait
appris à ſentir , à développer & dé-
crire les beautés de la nature phyſique ,
elle ne lui avait pas enſeigné en même
tems ce que ces poëtes ſemblent avoir
ignoré, que la poéſie deſcriptive ne doit
être employée que comme acceſſoire
ſeulement ; & inimitable , peut-être , dans
l'art du païſagiſte , elle ne ſavait point
appliquer cet art à ſa véritable deſtination, qui eſt , non de partager l'attention, mais de la diriger, de la fixer ſur
les perſonnages qui animent le lieu de
la ſcène ; enfin , l'eſprit moral de la

nation lui avait communiqué, il eft vrai, un caractère réfléchi, effentiel, & qui tendent toujours à honorer les qualités utiles, la rendait recommandable aux mœurs; mais ce même efprit donnait à fon pinceau une force qui eft rudeffe dans le ftyle paftoral; il écartait de fa palette ces demi-teintes que chérit le fentiment, qui lient les diverfes parties du tableau, y répandent le charme de l'accord, & font d'autant plus néceffaires dans ceux de la vie champêtre, qu'elles feules peuvent leur donner ce mouvement doux & prefque infenfible, qui opère le bercement attendu des affections de l'ame, & des illufions de l'efprit : elle ne pouvait donc prétendre qu'à une fupériorité relative, précaire & que devait bientôt lui enlever une Mufe encore à naître.

Cette Mufe fut celle du Nord; les Allemands, jufqu'alors inapperçus dans le monde littéraire, avaient fenti & goûté des chants bien plus analogues à leur exiftence calme & fimple, qu'ils ne l'étaient à celle des Anglais. Ils en avaient analyſés les beautés & les défauts au creuſet de la comparaiſon dont ils trouvaient les objets parmi eux & en eux ; ils avaient conſultés avec ſuccès les deux natures, morale & phyſique , ſur l'art d'éviter les uns , & de préſenter les autres ſous le jour le plus doux ; & partis du point où s'étaient arrêtés leurs maîtres, ils étonnèrent par les chants , auſſi mélodieux que ſavans , qu'ils tirèrent du chalumeau de la Tamiſe , enrichi d'abord de quelques tuyaux coupés ſur les rives de l'Elbe & du Rhin , & bientôt perfectionné ſur celles du Limmath (1).

Alors, la Muſe bucolique fut ce qu'elle devait être , le peintre aimable des mœurs pures & du bonheur de l'innocence ; ſes pinceaux furent changés en frais paſtels, préparés par le ſentiment , aſſortis par les Grâces & dirigés par la Vérité : Ses Dieux ne furent plus le dangereux enfant

---

(1) Rivière du canton de Zurich , patrie de Geſſner.

careffé par Bion & Mofchus, ni le cynique vieillard révéré à Lampfaque ; encore moins le vice chanté par Théocrite & fi cher à Virgile ; mais l'hymen, au regard doux & chafte ; l'Amitié, fille du ciel ; la bienfaifance active, l'attentive hofpitalité, la piété enfin, & les vertus ; les vertus amies de l'homme. Ses paifages, d'un pittorefque doux & moelleux, quoique toujours neufs & piquans, embrafsèrent tous les fites fufceptibles d'une riante fécondité, & furent conftamment fubordonnés aux perfonnages ; fes acteurs pris indiftinctement dans toutes les conditions du régime rural, furent des hommes actifs & laborieux, qui, femblables aux villageois de Saint-Lambert,

Contens de voir finir les jours de l'indolence,
Veulent par le travail mériter l'abondance ;
Se plaifent dans la peine, craignent la pauvreté,
Mais craignent encor plus la trifte oifiveté.

Leurs mœurs, agreftes, fans groffièreté ni rudeffe, furent calquées fur celles de l'habitant des campagnes éloignées des

grandes villes ; leurs paffions ne s'écartè-
rent point de l'exaltation pieufe , tendre ,
ou fentimentale ; leurs affections furent
douces, pures & aimables ; leurs penfées
ingénues & délicates , & leurs idées na-
turelles, peu compofées, jamais abftraites :
ils parurent fur la fcène dans les divers
âges de la vie , tous également fufceptibles d'infpirer l'intérêt , l'enfance ne
différant de la jeuneffe que par la manière feulement de pratiquer & d'exprimer les qualités morales , qui ne font
que moins développées en elle ; & mettant
en action les devoirs d'époux , de père ,
d'enfant , d'ami , & d'hommes - frères ,
ils donnèrent à ces devoirs le caractère
des befoins du cœur : tels furent les
perfonnages intéreffans qu'elle introduifit
fur la fcène, non-feulement pour varier fes
fujets, plaire à l'efprit & émouvoir l'ame
fous tous fes rapports , mais pour éclairer ,
en même tems , & les côtés avantageux
du cœur humain , & le bonheur poffible ,
& la route qui y conduit : quant aux
images qu'elle employa , elles furent

vives, multipliées & champêtres ; son expreffion, claire, familière, pofitive & fans ornemens ; fon ftyle, naïf, coulant, peu fleuri & fans pompe ; fes narrations, très-rapides ; fes defcriptions, courtes & rares ; fes comparaifons fréquentes, & fa verfification facile, mélodieufe & fur-tout infinuante.

C'était l'enfemble des règles indiquées par la nature & prefcrites par l'art ; c'était la perfection : auffi ne tarda-t-elle pas à devenir le modèle étudié par les Mufes étrangères ; mais les feuls Français furent profiter de fes leçons ; ayant pour caractère l'heureufe faculté de les prendre tous à la voix des circonftances, ils embouchèrent fes chalumeaux avec la même facilité que s'ils euffent été leur propre ouvrage ; & bientôt l'ingénieux Berenger, Blin de Sainmore, le naïf Berquin & le fenfible Léonard lui créèrent fur les bords de la Seine des bocages qu'elle ne chérit pas moins que ceux du Limmath : ils firent plus, ils ajoutèrent à fa guirlande les fleurs du goût, ces

fleurs particulières au climat que votre
fexe cultive, & que l'art n'affortit avec
grâce que dirigé par vous.

Cependant le choix que vous avez
défiré ne fe renfermera pas dans les
productions de ces deux Mufes ; il ne
vous offrirait qu'un tableau incomplet.
Si les Grecs, les Latins & les Italiens
n'ont élevés des autels qu'à des. Dieux
faits pour être rejetés par l'aimable innocence ; on trouve néanmoins & parmi
leurs chefs - d'œuvre, des Idylles que
peuvent avouer les mœurs, & qui donnent une idée de la manière de ces
poëtes. Quant aux Anglais, quoiqu'infé-
rieurs aux Allemands & aux Français,
ils ont un genre à eux, celui de la
poéfie defcriptive & un ton de couleur
original, celui de la mélancolie ; ce choix
renfermera donc ceux des chefs-d'œuvre
analogues à vos goûts qu'ont produits les
fix Mufes, anciennes & modernes, qui
ont fuccédé, à longs intervalles, à
celle du berger de Jérufalem.

POÉSIES

POÉSIES

BUCOLIQUES.

THÉOCRITE.

THÉOCRITE eſt le plus ancien poëte bucolique dont les ouvrages ſe ſoient conſervés. Né à Syracuſe 270 ans avant l'ère chrétienne, il ſe rendit à Alexandrie, où Ptolomée Philadelphe attirait par ſes largeſſes, les ſavans de toutes les nations lettrées. On y tra-duiſait alors les livres Juifs, dans leſquels

A

il étudia les pastorales de Salomon ; & ,
rentré dans sa patrie , il enrichit les
Muses grecques de ce genre aimable
qu'elles ne connaissaient pas. La nature
l'avait doué du plus heureux génie : mais ,
né dans l'obscurité il manquait absolument
de cette délicatesse d'ame , de mœurs &
de goût qu'on n'acquiert que par l'éducation. Le caractère de sa Muse fut donc
la rusticité , non de l'homme agreste du
premier âge , mais du pâtre des siècles
de l'inégalité des conditions ; & ses sujets ,
tantôt grossiers , tantôt licencieux , sont
rarement intéressants. Cependant , plusieurs de ses Idylles ont , comme celle
des Pêcheurs , de véritables droits au
titre de chefs-d'œuvre , par la magie du
vers , la naiveté, habilement saisie &
employée, du dialecte dorique , qu'il avait-
adopté , le naturel de ses personnages ,
leur ingénuité & la parfaite vérité des
tableaux , mérite qu'offre l'Idylle sui-
vante , dénuée , d'ailleurs , de tout intérêt ; car si la médiocrité en inspire
comme compagne des mœurs , la misère

ne peut qu'attrifter : Théocrite dévança le terme de fes jours par une fatire contre le tyran Hiéron , dont il avait follicité inutilement les bienfaits dans une Idylle, intitulée *les Grâces* ; & qui , plus fenfible à l'outrage qu'il ne l'avait été à la flatterie , le fit mourir.

LES PÊCHEURS,

IDYLLE DE THÉOCRITE,

Traduite par M. l'abbé Batteux.

C'EST la pauvreté feule , mon cher Diophante , qui excite l'induftrie ; c'eft elle qui apprend aux hommes à foutenir les durs travaux ; les foucis inquiets ne laiffent aucun repos à l'artifan laborieux ; à peine le fommeil s'épanche fur fes yeux , qu'ils fe hâtent de le troubler. —— Deux Pêcheurs étaient couchés fur un lit de jonc ; dans leur cabane folitaire ; leur tête était appuyée contre un abri defeuillages ; autour d'eux étaient les inftrumens de leur profeffion ; des corbeilles, des rofeaux, des hameçons, des naces, des lignes de crins, des feines, des labyrinthes d'ofier, des lacets & une vieille barque, pofée fur des rouleaux: fous leur tête un bout de natte, des habits, des bonnets, c'étaient tout leur bien, & le fruit de tous leurs travaux : ils n'avaient pas un feul vafe d'airain, pas même un petit chien ; la pauvreté était leur feule compagne; nul voifin que la mer, qui amenait doucement fes flots jufqu'au pied de leur cabane.

Le char de la lune n'était pas encore au milieu de fa carrière, quand l'amour du travail éveillait ces hommes fimples. Un jour, comme ils fe frottaient les yeux en s'éveillant, ils eurent cet entretien : —— *Afphalion.* Je crois qu'on fe trompe, cher Compagnon, quand on dit que les nuits font plus courtes en été, lorfque Jupiter nous donne des jours plus longs. J'ai eu une infinité de fonges, &

l'aurore ne paraît pas encore. Me ferais-je trompé ? Qu'eft-ce que cela fignifie ? Les nuits deviennent plus longues affurément.——

Batus. Quoi ! Afphalion , vous vous plaignez de l'été , de cette faifon fi belle ? La marche des tems n'eft point dérangée ; dites plutôt que l'inquiétude vous a empêché de dormir , & que c'eft ce qui vous a rendu la nuit longue.——*A* . . . Avez-vous appris à expliquer les fonges ? J'en ai eu d'excellens , dont je veux que vous ayez votre part , puifque nous partageons auffi nos poiffons. Perfonne n'a plus d'efprit que vous , & pour bien expliquer les fonges , il faut en avoir beaucoup : d'ailleurs, nous avons le loifir ; car, que peut-on faire couché fur des feuillages au bord de la mer, quand on ne dort point? —— *B* . . . Parlez, je le veux bien , racontez à votre ami ce que vous avez vu.—— *A* . . . Après nos travaux, & le léger repas que vous favez que nous primes hier le foir, je me fuis endormi, & auffi-tôt j'ai rêvé que j'étais affis fur le bord de la mer, où je guettais les poiffons ; je

fecouais légérement au-deffus de l'eau l'appât
trompeur : il s'en préfente un qui mord à
l'hameçon ; les animaux rêvent de ce qu'ils
aiment , & moi je rêve de poiffons. Il eft
pris ; je voyais couler fon fang ; ma perche
fe courbait fous l'effort ; j'avance la main :
fort embarraffé de la manière de prendre une
proie fi confidérable , attachée à un fer fi
mince , je craignais auffi d'être bleffé. Va ,
difais-je, fi tu me bleffes, tu feras bleffé à
ton tour. Je le tire enfin heureufement; c'était
un poiffon d'or, d'or maffif : j'eus peur alors
que ce ne fût quelque favori de Neptune,
ou peut-être le tréfor d'Amphytrite ; je le
détache doucement pour ne point laiffer d'or
au fer ; le voyant étendu fur le rivage , j'ai
juré que je ne mettrais plus jamais le pied
fur la mer , que je refterais toujours fur la
terre , où je vivrais comme un roi , avec ce
tréfor : c'eft là que je me fuis éveillé. Faites
bien attention, mon ami, au ferment que j'ai
fait ; j'en fuis bien effrayé. —— *B* ... N'ayez
nulle inquiétude ; votre ferment n'eft pas plus

réel que votre poiſſon d'or , que vous n'avez ni vu ni pris : ces ſonges ne ſont que des menſonges. Maintenant que vous ne dormez pas , & que vous êtes bien éveillé , allez voir dans ce même lieu , avec votre beau ſonge d'or ; il vous faudra , ſi vous ne voulez point mourir de faim , retourner à nos poiſſons.

BION ET MOSCHUS.

QUELQUE accueillis qu'euſſent été les
chants de Théocrite , la Muſe bucolique changea bientôt de mode ſous Bion
& Moſchus ; ces deux poëtes , amis ,
avaient été auſſi favorablement ſervis
par les circonſtances que par la nature ;
& joignant au génie poétique la délicateſſe des mœurs & du ſentiment , ils
furent les chantres admirés & couronnés
des Grâces. Cependant ils ne ſont pas
ſans défauts ; des tableaux trop ſoignés,
une touche trop ſpirituelle , & un coloris
trop brillant s'emparent de l'eſprit , &
l'exercent excluſivement , malgré les
réclamations de l'ame qui , ſeule , doit
être l'objet principal de l'effet que ſe
propoſe le peintre de l'exiſtence paſto-

rale. Les hauts favans les ont exclus du rang d'auteurs claffiques ; mais le génie aimable les en dédommage en les prenant pour modèles. Bion naquit à Smyrne, en Ionie, 250 ans avant l'ère chrétienne, & fut empoifonné à Syracufe par des rivaux, envieux de fa réputation.

Il eft donc vrai, Bion, qu'un breuvage perfidé
Approché de ta bouche au tombeau t'a plongé ;
Comment, s'il t'a touché, ce breuvage homicide,
En nectar à l'inftant ne s'eft-il pas changé ?
Quel Scythe affez cruel attenta fur ta vie ?
    Comment l'ofa-t-il ? ou comment
Cet ennemi farouche, abominable impie,
A t-il fui de ta voix l'aimable enchantement ?
Mais il fe cache en vain, la peine fuit le crime ;
Les Dieux. . . . . . .   MOSCHUS.

Mofchus, fon ami, eut une exiftence poetique auffi brillante, une fin moins funefte, mais ne laiffa perfonne après lui pour célébrer fa mémoire fur le chalumeau champêtre ; il fut le troifième & dernier poëte bucolique des lettres grecques.

LE DÉSIR,

IDYLLE DE BION,

Traduite par Clément Marot.

Tant bel enfant, couché deſſus ces roſes,
Qui t'a mis là, ſans abri ni gardien?
Las eſt tout nud, pas n'eſt couvert de rien,
Et ſi pourtant eſt frais ſur toutes choſes.

Le lis que tiens dans ma main agitée
Le veux poſer près de ſa blanche peau;
S'en faut bien tant que mon lis ſoit ſi-beau,
Sang purpurin manque à fleur argentée.

Aviſez donc cet enfantin ſoutire,
Songe mignard careſſe ſon ſommeil.
Que voudrais voir ſes yeux à ſon réveil!
Mais il tremblotte, il s'émeut, il ſoupire.

Viens dans mes bras, ſi belle créature,
N'ais peur de moi qui veux te careſſer; . . . . .
Ah cauteleux! quoi ſavez me bleſſer
D'un trait ſi chaud quand tremblez de froidure.

N'ayez pitié, ni regard, ni tendreſſe ;
Pour tout enfant que verrez endormi,
Craignez Déſir, craignez un ennemi
Cachant ſa force en dehors de faibleſſe.

LES PLAISIRS DU RIVAGE,

IDYLLE DE MOSCHUS,

Par M. Léonard.

Assis au rivage des mers ;
Quand je fens le léger zéphyre
Agiter doucement les airs,
Et fouffler fur l'humide empire ;
Je fuis des yeux les voyageurs ,
A leur deſtin je porte envie,
Le fouvenir de ma patrie
S'éveille & fait couler mes pleurs.
Je treffaille au bruit de la rame
Qui frappe l'écume des flots :
J'entens retentir dans mon ame
Le chant joyeux des matelots :

A 6

Un secret désir me tourmente
De m'arracher à ces beaux lieux,
Et d'aller sous de nouveaux cieux
Porter ma fortune inconstante.

Mais quand le terrible Aquilon
Gronde sur l'onde bondissante,
Que dans le liquide sillon
Roule la foudre étincelante ;
Alors, je reporte mes yeux
Sur les forêts, sur le rivage,
Sur les vallons délicieux
Qui sont à l'abri de l'orage ;
Et je m'écrie : heureux le sage
Qui rêve au fond de ces berceaux,
Et qui n'entend sous leur feuillage
Que le murmure des oiseaux !

VIRGILE.

LES Romains n'exiſtant que par la guerre, n'eſtimaient que les ſeuls arts qui pouvaient entretenir l'habitude de férocité qui aſſurait à leurs ſoldats la bravoure de tempérament, & ceux d'agrément furent plus d'une fois proſ-crits par le Sénat, ainſi que les ſciences. Ils n'avaient donc encore aucune idée des chants de la Muſe champêtre, lorſ-que Virgile en apporta les chalumeaux à Rome. Né, comme Théocrite, dans la claſſe la plus obſcure, dirigé comme lui vers le Parnaſſe par le ſeul ſentiment du génie, & comme lui, réduit à vivre du plaiſir des grands; il n'héſita pas à le prendre pour modèle, à lui donner la préférence ſur Bion & Moſchus. La

première Muse paſtorale des Latins fût
donc ruſtique , groſſière , licencieuſe ,
adulatrice , & n'aurait été réellement
que traductrice de celle de Syracuſe ,
ſi , doué d'une tête plus forte que le
poëte Sicilien , & membre d'une nation
qui n'avait encore rien perdu de ſon
énergie de férocité , Virgile , plus ſublime que ſenſible , n'avait ajouté au
chalumeau qu'il empruntait des tuyaux
taillés pour les ſons héroïques , & entre-
mêlé avec plus de hardieſſe que d'intel-
ligence , ces ſons éclatans aux accens
doux & ſimples de Thalie paſtorale. Le
caractère qui lui eſt particulier , comme
poëte bucolique , a donc pour baſe
cette admiſſion du ſtyle élevé de l'Epopée;
& l'Eglogue ſuivante , la ſeule qui ne
ſoit pas conſacrée aux paſſions ou aux
vices dont il était l'apôtre & la victime ,
l'Eglogue de Pollion , ſon chef-d'œuvre ,
ſuffit à donner une idée de ce caractère ,
par lequel , quoique ſervile imitateur de
Théocrite , il a cependant des droits au
titre de créateur d'un genre. Virgile

naquit l'an 683 de Rome, à Andes,
village du territoire de Mantoue ; aban-
donna, très-jeune, le chaume qui lui
avait fervi de berceau ; alla étudier à
Naples les lettres grecques & latines,
revint à Rome à l'âge de trente ans,
& y vécut jufqu'à celui de cinquante &
un, comblé de biens par Augufte & fes
favoris, à qui fa Mufe adulatrice était
vouée, aimé de tous pour la bonté
extrême de fon caractère, admiré comme
poëte, mais peu confidéré par fes mœurs
privées.

POLLION, ou L'HOROSCOPE.

EGLOGUE DE VIRGILE,

Traduite par Greffet.

Muses pour ce beau jour ceffez d'être bergères ;
Ofez porter vos voix au-deffus des fougères,
Un conful à vos jeux s'intéreffe aujourd'hui ;
Rendez par de beaux airs les champs dignes de lui

Cieux ! où fuis-je enlevé ! quels superbes spectacles !
Un Dieu par mes accens va rendre ses oracles.

Je vois éclore enfin ce nouvel univers
Qu'a chanté la Sibylle , en prophétiques vers.
Je vois un nouveau peuple orner cette contrée ;
Du sein des cieux Thémis descend avec Astrée.
Saturne sur nos champs revient régner encor ,
Et ramène aux mortels les jours de l'âge d'or.

Il est né , ce héros , pour qui les destinées
Marquaient un nouvel ordre & de mois & d'années ;
Tendre Divinité, qui préside à nos jours ,
Lucine , à son enfance accordez vos secours ;
Descendez sur ses bords ; Apollon , votre frère ,
Des Grâces & des Arts y tient le sanctuaire.

Illustre Pollion , ton brillant consulat
Va des siècles dorés voir renaître l'éclat ;
Les Vertus de retour , par d'aimables prodiges ,
Des antiques forfaits effacent les vestiges :
Jupiter nous promet un heureux avenir ,
Il ne lui reste plus de crimes à punir.

Un jour dans cet enfant , d'immortelle origine ,
Revivrons les héros de sa race divine ;
Sur l'univers paisible il régnera comme eux ,
Il tiendra même rang dans le conseil des Dieux.

Aimable Marcellus , la reine de la terre
Vient déjà vous offrir & l'achante & le lierre ,

Elle pare son front des plus vives couleurs,
Et vous forme un berceau de verdure & de fleurs :
Le lait coule à grands flots dans chaque bergerie,
On voit naître en tous lieux les parfums d'Assyrie :
Les bois ne portent plus de funestes poisons ;
Le loup, moins affamé, laisse en paix nos moutons.

   C'est peu, d'autres bienfaits enrichiront le monde,
Les fruits seront plus beaux, la moisson plus féconde,
Lorsque vous apprendrez de vos aieux vainqueurs,
L'héroïsme guerrier, & la loi des grands cœurs :
Chaque Naïade, alors, versera de son urne
Des flots de pur nectar, comme aux jours de Saturne,
Une riche vendange, après d'amples moissons
Offrira des raisins jusque sur les buissons.
C'est ainsi qu'aux mortels les faveurs destinées
S'accroîtront par degrés & suivront vos années.
Pendant ces premiers tems d'un plus bel univers
Des vaisseaux couvriront encor les vastes mers :
Nos campagnes encor se verront labourées,
Nos villes, de remparts resteront entourées ;
Peut être un autre Argo, sous un autre Thiphis,
Portera des guerriers sur les champs de Thétis ;
Peut-être verra-t-on les murs d'une autre Troye,
Au fer d'un autre Achille abandonnée en proye.
Mais ces restes légers de nos malheurs passés
Disparaîtront enfin pour toujours effacés ;

Dès qu'après l'heureux cours d'une jeuneſſe illuſtre
La Parque filera votre cinquième luſtre.

Et quand paſſant des jeux aux ſoins de votre rang,
Vous marcherez égal aux Dieux de votre ſang;

Rien ne manquera plus au bonheur de la terre;

La paix au fond du Styx replongera la guerre;
Féconde également pour tous les citoyens,

La terre en tous climats produira tous les biens.

A travers les périls des vagues incertaines,
Nous n'irons rien chercher ſur des plages lointaines;

Sans exiger nos ſoins, les côteaux, les guérets
Fixeront en tous tems & Bacchus & Cérès.

Les arts laborieux deviendront inutiles.

Les moutons en paiſſant ſur nos rives fertiles,
Brilleront revêtus des plus riches couleurs;

Sur eux la pourpre & l'or formeront mille fleurs;

L'induſtrieux travail de la ſimple nature
Sans le ſecours de l'art produira leur parure.

Ils feront, ces beaux jours: du temple des deſtins
Une voix me tranſmit ces augures certains.

Déjà pour accomplir ces fortunés préſages
Les trois fatales Sœurs, ſouveraines des âges,

Ont adouci leurs lois, & Clotho prend encor
Le fuſeau qui ſervit à filer l'âge d'or.

Ouvrez de ces beaux jours l'héroïque carrière,
Sans attendre le tems, franchiſſez la barrière;

Partez , fuivez la gloire , enfant chéri des cieux ;
Du beau fang de Vénus , rejeton précieux.
Aux honneurs de vos ans tout fe montre fenfible ;
Le ciel eft plus riant , Neptune eft plus paifible ;
L'univers affuré d'un fiècle de bonheur ,
Applaudit au berceau de fon reftaurateur.

O jours ! ô tems heureux ! oh ! fi les deftinées
Etendaient jufques-là le fil de mes journées !
Augufte Marcellus , à chanter vos exploits
Je voudrais confacrer les reftes de ma voix :
Pour ces pompeux fujets ma Mufe rajeunie,
Vaincrait tous les concerts des fils de Polymnie ;
Pan même , à mes accords s'il comparait fes fons ,
Pan même s'avoûrait vaincu par mes chanfons.

Commencez , heureux fils d'une mère charmante ,
Commencez de répondre à fa plus douce attente :
Par de juftes retours comblez fes tendres vœux ;
Que vos premiers fouris s'adreffent à fes yeux.
Pour vous l'hymen élève une jeune Déeffe ,
Dont il vous offrira la main & la tendreffe.
Vivez & que vos ans , égaux à nos défirs ,
Soient remplis & filés par la main des plaifirs.

NÉMÉSIEN.

VIRGILE n'avait eu ni fuccefleur,
ni imitateur ; la douceur du genre paftoral était de la molleffe pour le caractère toujours âpre des Romains , & fon
chalumeau refta fufpendu pendant deux
fiècles aux cyprès de fon tombeau. Enfin ,
Néméfien , que fes belles qualités avaièt
élevé au rang d'ami de Numérien , ofa
y porter la main pour plaire à ce jeune
prince , protecteur des lettres & orateur
eftimé. La manière fpirituelle , délicate
& gracieufe de Bion & de Mofchus ,
avait bien plus de rapport que le ruftique de Théocrite avec les fentimens ,
les principes & l'exiftence de ce fecond
chantre bucolique ; mais un refpect peu
réfléchi pour le créateur de la Mufe
latine , lui fit adopter un genre que

désapprouvait son goût ; d'ailleurs , en
imitant Virgile , en marchant sur ses
traces , il évita de donner aux passions
les couleurs du vice ; & inférieur à son
modèle par le génie , la richesse des
images , la pompe & la majesté du vers ,
il lui est supérieur par le choix des sujets ,
l'ordonnance des plans , & le naturel du
style , toujours plus conformes , dans ses
pastorales , au caractère de la Muse
bucolique.

P A N ,

EGLOGUE DE NÉMÉSIEN.

NICTILE, Mycon & le bel Amyntas évitaient, sous l'épais feuillage d'un chêne ,
l'ardeur des rayons du soleil , lorsqu'ils apper-
çurent Pan qui se reposait à quelque distance
d'eux , & réparait dans les bras du sommeil,

ſes forces épuiſées par une longue chaſſe :
près de lui ſa flûte était ſuſpendue à une
branche de l'arbre qui le couvrait de ſon
ombre : les jeunes bergers ſe levèrent, & s'en
ſaiſirent furtivement, comme ſi elle pouvait
leur ſervir, comme s'il était permis aux hommes
de toucher les chalumeaux des Dieux ; mais
la flûte de Pan ne rend plus ſous leurs doigts,
le ſon harmonieux qu'elle avait coutume de
faire entendre ; elle refuſe d'exprimer un ſeul
vers, & il n'en ſort que d'aigres ſifflemens.
Pan éveillé par ces ſons faux & aigus, ſourit
à la jeuneſſe des téméraires, & leur dit avec
bonté : Bergers, il n'eſt permis à aucun mortel
d'enfler ces chalumeaux, que j'ai moi-même
aſſemblés dans un antre du mont Ménale.
Mais ſi vous déſirez des vers, je vais vous
en chanter : je chanterai la naiſſance de
Bacchus, & l'origine de la vigne : nous devons des vers de reconnaiſſance à ce dieu.
Il dit, & auſſi-tôt il commença ainſi :

Fils de Jupiter, qui le front couronné de
lierre, & les cheveux parfumés d'eſſence,

te plais à former des guirlandes de pampre &
de feuilles de vignes, pour en oiner les
tigres de ton char ; c'eſt toi que je chante.
Sémélé a vu Jupiter avec l'effrayant appareil
qui l'environne, & dont les aſtres ſeuls peuvent
ſoutenir l'eclat. Le maîtie de l'univeis piévoyant l'avenir, différa la naiſſance de l'enfant qu'elle portait dans ſon ſein, juſqu'au
téms où la nature permettait qu'il vît le
jour. Les Nymphes, les Faunes, les pétulans Satyres & moi, prîmes ſoin de le
nourrir dans un antre de Nyſa. Le vieux
Silène, lui-même, plein d'une reſpeĉtueuſe
tendreſſe pour ce jeune enfant, l'échauffe
dans ſon ſein, le ſoutient ſur ſes bras, &
l'égaye. Tantôt par un léger bercement il
l'invite au ſommeil, & tantôt il le réjouit
en frappant de ſes mains tremblantes le fiſtre
qu'il tient. Le jeune Dieu ſouriant à ce
badinage, pince les oreilles de Silène, lui
arrache les poils dont ſa poitrine eſt hériſſée;
il frappe ſur ſa tête chauve, ſur ſon court
menton, & aplatit, avec ſon faible pouce,

le nez déjà trop écrafé du complaifant Satyre,
Cependant, lorfqu'il fut parvenu à une flo-
riffante jeuneffe, & que fous fa chevelure
dorée, fes cornes commencèrent à percer, il
apprit aux hommes à connaître la vigne,
fource de leurs plaifirs. Les Satyres en ad-
mirèrent les feuilles & le fruit. Cueillez,
leur dit Bacchus, ces grappes dont vous
ignorez l'ufage, & écrafez-les avec les pieds.
Les Satyres les féparent auffi-tôt de leurs
ceps ; ils les portent dans des corbeilles, &
fe hâtent de les fouler dans des cuves de
pierre. De tous côtés, fur les collines on ne
voit que vendanges & que corps nus, bar-
bouillés du jus vermeil de la vigne. Les
Satyres, troupe enjouée, fe faififfent des
vafes que le hafard leur préfente : les uns
reçoivent la nouvelle liqueur dans des cornes,
les autres dans des taffes, ou dans le creux de
leurs mains : celui-ci courbé fur les bords
d'une cuve, fait entendre, en humant le
vin doux, le bruit de fes lèvres ; celui-là le

puife

puife avec l'inftrument dont il a coutume d'accompagner le fon de fa voix : un autre renverfé, préfente fa bouche à l'ouverture de la cuve ; mais il ne peut recevoir qu'une partie du vin qui en coule ; le refte inonde fa poitrine & fes épaules. La joie vive & bruyante règne & retentit par-tout ; le vin infpire aux Satyres des chanfons & des danfes, il allume la pétulante gaieté dans leur cœur ; ils courent après les Nymphes qui les fuient ; prêtes à leur échapper, elles font arrêtées, l'une par fa robe, l'autre par fes bras d'albâtre. Ce fut alors que le vieux Silène but pour la première fois & aux dépens de fa raifon, cette aimable liqueur. Depuis ce tems - là, il eft le fujet des plaifanteries de ceux qui le voient le matin les veines enflées, & le corps appéfanti par ce délicieux nectar, qu'il a bu la veille avec excès. Bacchus même, ce dieu qui doit la naiffance à Jupiter, Bacchus ne dédaigne point de préfider les vendangeurs, de s'élancer le premier dans la cuve, & d'y

B

exprimer avec ſes pieds le jus des raiſins ; il en fait boire à ſes tigres, & il façonne en thyrſe le bois de la vigne.

C'eſt ainſi que Pan, ami de l'aimable ado‑leſcence, inſtruiſit ces jeunes bergers dans les vallées de l'Arcadie ; ils l'écoutaient encore, mais le Dieu ceſſa ſes chants, la nuit aver‑tiſſait de raſſembler les troupeaux diſperſés, & de les conduire au bercail pour les traire, & donner à leur lait une conſiſ‑tance ſolide.

CALPURNIUS.

LES Latins n'ont eu, comme les Grecs, que trois poètes bucoliques : Calpurnius, né en Sicile, & amené à Rome par l'espoir de mériter les bienfaits de Numérien, prit son favori pour maître, chanta, sous ses leçons, les bois & les bergers, & acquit une réputation poëtique égale à celle de Néméfien, malgré le manque de délicatesse, que celui-ci n'avait pu lui communiquer; ses Eglogues ne diffèrent donc essentiellement que par l'empreinte de ses mœurs dépravées. Cependant il en fit quelques-unes qu'eut avouées son protecteur; celle qui suit est de ce petit nombre, & joint au mérite de la décence celui d'un sujet & d'un plan qui était absolument neuf; c'est une Eglogue didactique, dont il a eu l'art de rendre les détails intéreffans, malgré leur féchereffe, en les plaçant dans la bouche d'un vieillard, qui, parvenu au dernier période d'une vie laborieufe & utile, fe dépouille de fes biens & dépofe en même tems dans le fein de fon fils fon ame & fon expérience.

MYCON,

EGLOGUE DE CALPURNIUS,

LE vieillard Mycon, & Cantus fon fils, évitaient à l'ombre d'un platane l'ardeur dévorante des rayons du foleil, lorfqu'après un long filence, Mycon, d'une voix tremblante & entrecoupée, adreffa ces paroles à fon fils :

Je te donne, mon cher Cantus, ces chèvres que tu vois errer çà & là parmi les buiffons ;

je te donne auſſi ces troupeaux, qui, à quelque diſtance de la montagne, paiſſent l'herbe tendre des prairies. L'âge de la force, auquel tu es enfin parvenu, eſt celui des travaux : le tems des miens eſt achevé ; tu vois de combien de maux la triſte vieilleſſe m'accable, & que courbé fous le faix des ans, je ne puis plus marcher ſans appui. Apprends donc comme il faut gouverner les chèvres, qui ſe plaiſent ſur les rochers couverts d'arbriſſeaux, & les brebis qui aiment mieux errer dans les prairies. Loiſqu'au commencement du printems tu entendras le ramage des oiſeaux, & que tu verras l'hirondelle de retour cimenter ſon nid, fais ſortir tes troupeaux de leur étable : la terre alors ſe couvre d'une agréable verdure, les arbres fleuriſſent, les forêts commencent à réparer la perte de leur ombrage : tout renaît dans les campagnes. Mais avant que de mener paitre tes troupeaux, rends-toi les Dieux propices, honore par un ſacrifice la déeſſe Palès, & pendant que le ſang de la victime

B 3

coulera, avant qu'elle expire, purifie l'étable:
allume enfuite du feu fur un gazon, & y
jetant de la farine & du fel, invoque le génie
du lieu, le dieu Faune & les dieux Lares.

Ce devoir rempli, loifque le foleil s'élèvera
au-deffus de cette montagne, mène tes moutons paître l'herbe, & tes chèvres brouter
les buiffons : ne manque pas, tandis que par
fa chaleur l'aftre du jour tempère la fraîcheur
du matin, ne manque pas de traire tes troupeaux, & le foir tu fépareras la férofité de
leur lait, après les avoir traits une feconde
fois ; mais fans épuifer la nourriture de leurs
tendres agneaux, que leur faibleffe, autant
que ton intérêt, doit te faire chérir. Si le
foir, en revenant à la bergerie, quelqu'une
de tes brebis, venant de mettre bas, refte
fans force étendue fur la terre, n'aie pas
honte, mon fils, de la porter fur tes épaules,
ne rougis pas d'échauffer dans ton fein fon
agneau tremblant, trop faible pour fe foutenir. Palès, qui protège tes jours, t'a confié
le foin de protéger les fiens.

Tant que Jupiter fait durer le variable printems, ne vas point chercher de prairies, ni de bois éloignés du bercail : défie-toi de cette faison trompeufe : fouvent elle promet un tems calme & ferein , & tout-à-coup le ciel fe couvrant de nuages orageux , d'impétueux torrens entraînent nos brebis infortunées. Attends que le fouverain Maître du ciel en ait fixé l'inconftance ; que les jours foient longs , & la chaleur ardente : alors , mène tes troupeaux dans les bois, & qu'ils aillent au loin chercher des pâturages. Sur-tout, aie foin qu'ils fortent de leur bergerie avant que le foleil faffe luire fes premiers rayons : la molle haleine du zéphyr attendrit l'herbe ; ils aiment ces pâturages, qui , après que les vents d'Orient ont ceffé de fouffler , fe reffentent de la fraîcheur de la nuit, & qui font couverts le matin des gouttes brillantes de la rofée. Dès que les cigales feront retentir les forêts de leurs chants aigus, mène tes troupeaux à quelques fontaines ; enfuite, fans fouffrir que l'ardeur du pâturage

les difperfe dans les campagnes, raffemble-
les autour d'un arbre, qui les couvre de
fon ombre, & ne le quitte, pour les mener
repaître, que lorfque le foleil penchant vers
la fin de fa carrière, avertit les bergers de
prendre leur frugal repas. Enfin, quand le
filence commencera à régner dans les bof-
quets, que les oifeaux fe feront retirés dans
leurs nids, alors reprends le chemin du
bercail.

Lorfque dans la faifon de tondre tes troupeaux, tu auras recueilli leurs dépouilles ; que
la brebis fera privée de fa toifon, examine fi
le cifeau ne lui a pas entamé la peau, &
prends garde que fous quelque plaie légère,
il ne fe forme infenfiblement une humeur dan-
gereufe, qui bientôt dévorerait tout fon
corps, fi par une incifion tu ne te hâtais
d'en arrêter le progrès. Souviens-toi, fur-
tout, de frotter avec de la poix le dos de
tes troupeaux, après les avoir tondus, & d'y
imprimer ton nom, avec une compofition de
bithume, de miel & de vif-argent : une

brebis égarée , qui porte fur elle le nom de fon maître , ne peut jamais lui fufciter de procès.

Dans le tems où la terre échauffée , n'offre plus aux regards que d'arides campagnes , dont les feux du foleil ont pulvérifé l'herbe, & des marais dont le limon durci, s'entr'ouvre de toutes parts ; brûle dans tes étables de la gomme de Syrie, & de la corne de cerf; cette dernière odeur eft mortelle pour les ferpens ; tu verras tout-à-coup leur fureur s'éteindre : on n'a plus à redouter leur dent meurtrière , leur venin devient impuiffant, ils reftent fans force étendus fur la terre.

Parlons maintenant de la faifon qui précède les frimats : lorfque le vendangeur cueillant les fruits de la vigne, s'en affure la poffeffion , jufque-là incertaine , commence à couper des branches d'arbres, garnies de leurs feuilles, qu'un refte de sève y tient encore attachées : telle fera la nourriture de tes troupeaux, quand vers la fin de l'année, tu feras obligé de les tenir renfermés. C'eft dans cette triste saison , mon cher Cantus , que tu dois redoubler ton travail & ta vigilance , c'est alors qu'on reconnait le berger actif. Enfin , lorsque tu ne pourras plus mêler des rameaux tendres & pleins de sucs , avec ceux qui commenceront à se sécher ; lorsque l'hiver , amenant les pluies , les vents & les glaces , aura dépouillé les arbres de leurs feuilles , & fera plier leurs branches sous le poids des neiges endurcies, tu pourras , malgré ses rigueurs, cueillir dans les vallées le lierre & les tendres tiges du saule : ce n'est que par cette fraiche nourriture qu'il faut songer à apaiser la soif de tes troupeaux. En vain leur prodiguerais-tu des pâturages arides, si tu leur refuse ces tendres arbustes , qui nouvellement cueillis , conservent encore la sève qui les nourrissait. Sur-tout, couvre de paille & de feuilles séchées la terre sur laquelle ils reposent : tu empêcheras par là que le froid & l'humidité ne leur causent des maladies qui dépeupleraient tes étables. J'aurais encore

bien des chofes à te dire , mais il eſt tems
de quitter cette ombre ; le foleil s'abaiſſe fur
l'horizon , & bientôt la froide étoile du foir
diſſipera la chaleur que fes rayons n'alimen-
teront plus.

SANNAZAR.

JACQUES SANNAZAR, gentilhomme
Napolitain, né en 1458, fut le premier
poète bucolique des langues modernes.
Imitateur de Théocrite & des trois Bergers
Latins, il osa cependant n'admirer que
leurs beautés, rejeter leurs défauts,
donner à ses personnages un caractère
sentimental, & créer un genre particulier, en liant ses Eglogues par des récits
en prose, qui en formait un corps,
tenant le milieu entre *le triage d'Idylles*,
pour me servir de l'expression grecque,
& le roman pastoral. Ces récits font
une esquisse fraîche & naturelle de la
vie champêtre, & les Eglogues offrent
des images riches & variées, & sur-tout,
une excellente morale. Il mourut en
1529, jouissant d'une réputation méritée,

& qui s'eſt ſoutenue malgré les change-
mens ſucceſſifs de là làngue , qui vieil-
lirent ſon ſtylé , ſans porter atteinte à
ſou génié. Ses bergeries auraient ſans
doute formé des chantres bucoliques , ſi
le Taſſe n'eût pas paru auſſi-tôt ; mais ce
prince des poëtes Italiens ayant créé un
nouveau genre , la comédie paſtorale , &
s'y étant abandonné ſans réſerve à ſon
goût pour lès idées hardies , les recher-
chés & le clinquant dè l'imagination ,
ſes nombreux , très-nombreux imitateurs
ne s'attachèrent qu'à ſurprendre & éton-
ner l'eſprit par des bluettes·, des jeux de
mots , des concetti ; & négligeant encore
aujourd'hui les modèles que leur a laiſſés
Sannazar. , paraiſſent être inſenſibles à
cette belle ſimplicité de compoſition , &
de penſées qui caractèriſe ſes poéſies.

LA FÊTE FUNÈBRE,

EGLOGUE DE SANNAZAR.

LE soleil commençait à lancer vers la terre
ses rayons les plus brûlans ; Sincero s'était
assis au pied d'un orme touffu, & suivait
d'un œil complaisant ses brebis & ses chèvres,
qui, plus avides de pâture que de repos,
s'étaient dispersées dans les endroits les plus
escarpés. Les unes se dressaient pour attraper
une branche de saule ; d'autres s'amusaient
après la pointe du chenotis ; plusieurs s'abreu-
vant dans l'eau d'une cascade, s'y regar-
daient avec complaisance ; & la plupart apper-
çues d'assez loin, semblaient être suspendues
en l'air. Pendant que ce spectacle fixait son
attention, il entendit un bruit confus d'ins-
trumens & de voix, qui partaient du sommet
de la montagne ; & s'y étant acheminé, il

y trouva un nombre confidérable de bergers qui danfaient en rond , autour de la tombe du refpectable Androgéo.

Un jenne pafteur , Ergafte , fils d'Androgéo, était au milieu du cercle , devant un autel de gazon , nouvellement élevé près du tombeau : il y répandit deux patères de lait tiède, deux de fang , autant de vin fumeux , & y jeta enfuite une grande quantité de fleurs de toutes efpèces. Puis, prenant l'uniffon des inftrumens , il chanta avec un pieux recueillement les louanges du berger.

Sois heureux , Androgéo ! Sois heureux !.... Si les ames fortunées confervent quelques rapports avec les hommes , écoute nos paroles ; daigne , en quelqu'endroit que tu jouiffes de la félicité ; daigne agréer les honneurs folennels que tes amis te rendent ! Oui , fans doute , ton ame bienfaifante voltige maintenant autour de ces bois ; elle voit , elle entend ce que nous faifons ici en fon honneur. Mais comment ne répond-elle pas aux cris par lefquels nous l'appelons ? Toi

qui faifais retentir nos vallées des fons
aimables de ton chalumeau, es-tu donc con-
damné à un éternel filence, depuis que tu
repofes dans cet étroit réduit ? Toi qui, par
la douceur de tes paroles, entretenait le bonheur dans ta famille, la paix & l'union parmi
les bergers, pourquoi les laiffes-tu aujour-
d'hui en proie à la trifteffe ? Père & maître
de notre troupe affligée ! où trouverons-
nous ton pareil ? de qui prendrons-nous con-
feil ? fous quels aufpices déformais vivrons-
nous en fureté ? Non, il n'eft plus de guide
affuré pour les occafions difficiles. Sage &
prudent Berger, quand te reverrons-nous dans
nos bois ? La juftice, la droiture & le refpect pour les Dieux y étaient ton ouvrage !
jamais le dieu Terme n'avait vu, jamais il
ne verra partager auffi équitablement les
champs conteftés, qu'au tems où tu vivais.
Hélas ! qui célébrera déformais les Nymphes ?
qui nous donnera des avis falutaires dans les
adverfités ? qui faura charmer nos peines
comme tu les charmais par de douces chan-

fons : nos troupeaux ruminaient au fon de ton chalumeau : hélas ! depuis qu'ils ne t'entendent plus , ils portent le dégoût jufque dans· les plus gras pâturages : avec toi ont difparu de ces lieux tous nos dieux tutélaires : depuis ton départ, les fillons ne portent que de l'ivraie , ou ne donnent que de maigres avoines , & fouvent au lieu de violettes ou d'autres fleurs attendues , nous n'avons vu croître que des épines & des ronces.

Bergers , jonchez la terre de fleurs, c'eft ainfi que notre cher Androgéo défire qu'on l'honore.

Adieu donc pour jamais, heureux Androgéo ; adieu, ame heureufe & pure, qui, libre des liens du corps, as enrichi la célefte voûte d'une étoile nouvelle ! Sans trouble maintenant , & fans fouci , tu effaces comme un foleil brillant, l'éclat des corps les plus lumineux : tu domines toutes les autres étoiles, & conduifant les céleftes troupeaux entre les fontaines les plus pures , & les myrtes facrés, tu donnes à tes nouveaux bergers tes divines leçons.

Le ciel offre à tes yeux d'autres montagnes, d'autres plaines, d'autres bois, d'autres ruisseaux & des fleurs plus fraîches ! Tu vois d'autres Faunes & d'autres Silvains s'entretenir avec d'autres Nymphes ! là, au milieu des parfums les plus délicieux, Androgéo, assis entre Daphnis & Mélibée, fait entendre ses chants aimables ; il ravit le ciel par sa mélodie, & modère, par des accens inconnus, le caprice des élémens.

Telle est la vigne pour l'ormeau, & le taureau pour les troupeaux ; tels sont les épis flottans pour les campagnes ; tel tu fus pour nos contrées, leur ornement & leur gloire. O mort ! qui pourra t'échapper, si ta faux n'épargne pas d'aussi précieuses têtes ! quel berger aussi aimable, charmera désormais les saisons par la douceur de ses chants !

Les Déesses de ces lieux pleurèrent ta mort funeste ; les ruisseaux, les rochers & les bois,

furent témoins de leurs larmes ; nos gazons
delféchés , nos prairies fanées , ont partagé
leur douleur. Le foleil refufa de fe montrer
pendant plufieurs jours ; les animaux des montagnes ne parurent dans aucune vallée ; les
troupeaux ne prirent aucune nourriture : la
douleur fut fi générale , que dans les prairies comme dans les bois , tout répétait le
nom d'Androgéo.

Auffi , verras-tu fans ceffe ta fépulture
ornée de guirlandes de fleurs , & honorée des
vœux de tous les bergers. En toute faifon ,
ton nom paffera d'un vol rapide de bouche
en bouche ; & tant qu'il y aura des ferpens
dans les buiffons , & des poiffons dans les
eaux , jamais ta mémoire ne s'effacera : tu
ne la devras pas feulement à mes faibles accens ;
mille bergers , mille mufettes , mille chanfons la célébreront. Et vous , arbres élevés &
touffus , fi vous êtes fufceptibles de quelques
fentimens , étendez à jamais votre ombre jufque fur fa fépulture.

Ergaſte ayant ceſſé de chanter , un berger grava ces vers attendriſſans , ſur une écorce de hêtre , la ſuſpendit aux branches de l'arbre ſous lequel repoſait Androgéo ; & les viandes qui avaient été offertes en ſacrifice , compoſèrent le repas qui termina cette fête funèbre.

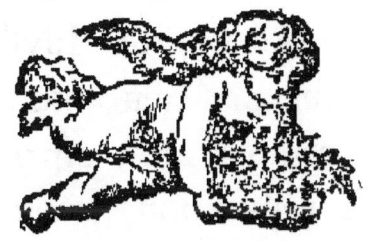

Mme DÉSHOULLIÈRES.

ANTOINETTE du Liger de la Garde,
née en 1638 , & mariée à Guillaume
Déshoullières , lieutenant de roi de la
citadelle de Dourlens , mourut à Paris,
le 17 février 1694 ; fes Idylles atteftent
qu'elle ne fut pas heureufe , elle avait
cependant en partage , efprit , grâces &
beauté ; fa réputation , comme poete ,
était brillante , entière & méritée ; elle
était en commerce intime avec ce qu'il
y avait de plus diftingué à la cour ; le
roi même l'honorait de fon attention
& de fes bienfaits ; que lui manquait-il
donc ? La nature des plaintes répétées
dans toutes fes Idylles ne l'indiquerait-elle
point...... Quant au caractère de fa Mufe,
on ne faurait défirer plus de douceur &

de délicatesse dans les sentimens , plus
de finesse dans l'esprit , plus de facilité
dans les vers , & sur-tout , de cette appa-
rente négligence qui entretient l'idée du
repos pastoral : c'est l'harmonie tendre
& mélancolique des roseaux de Syrinx
mollement agités par les soupirs de Pan ;
& on n'hésiterait pas à placer madame
Déshoullières au rang des poëtes bucoliques créateurs d'une manière , si on ne
la jugeait que sur une seule Idylle ; mais
l'ensemble de ses productions prouve
qu'elle n'avait qu'un seul ton de couleurs ,
peu de moyens de variété , & consé-
quemment de l'esprit & point de génie.
D'ailleurs , elle eut un mérite précieux
par l'exemple qu'elle donnait à ses suc-
cesseurs sur la scène pastorale , celui de
n'avoir rien emprunté de ses devanciers ,
qui tous n'avaient chanté les bois & les
bergers que sur des airs latins ou grecs.
En effet , Clément Marot , père de la
poésie française , & son premier bucolique , Ronsard qui lui succéda , *pour
tout gâter* , Tristan-l'Hermite , Sarrasin ,

le marquis de Racan lui-même, & Segrais son disciple, ne furent que de serviles imitateurs des beautés & des défauts de Virgile & de Théocrite : jusqu'à elle l'art ne consista point à perfectionner le chant antique, mais à l'imiter.

LE RUISSEAU,

IDYLLE DE Mad^e DÉSHOULLIÈRES.

Ruisseau, nous paraissons avoir un même sort ;
D'un cours précipité nous allons l'un & l'autre ,
  Vous à la mer, nous à la mort.
Mais, hélas ! que d'ailleurs je vois peu de rapports
  Entre votre course & la nôtre.
Vous vous abandonnez sans remord, sans terreur
  A votre pente naturelle ;
Point de loi parmi vous ne la rend criminelle.
La vieillesse chez vous n'a rien qui fasse horreur ;
  Près de la fin de votre course
  Vous êtes plus fort & plus beau

Que vous n'êtes en votre source.
Vous retrouvez toujours quelque agrément nouveau.
Si de ces paisibles boccages
La fraîcheur de vos eaux augmente les appas ;
Votre bienfait ne se perd pas :
Par de délicieux ombrages
Ils embellissent vos rivages.

Sur un sable brillant, entre des prés fleuris,
Coule votre onde toujours pure ;
Mille & mille poissons dans votre sein nourris,
Ne vous attirent point de chagrins, de mépris ;...
Avec tant de bonheur, d'où vient votre murmure ?
Hélas ! votre sort est si doux !
Taisez-vous, Ruisseau, c'est à nous
A nous plaindre de la Nature.

De tant de passions que nourrit notre cœur,
Apprenez qu'il n'en est pas une
Qui ne traîne après soi le trouble & la douleur,
Le repentir ou l'infortune.....
. . . .
. . . .

Ruisseau, que vous êtes heureux !
Il n'est point parmi vous de ruisseaux infidelles.
Lorsque les ordres absolus
De l'Etre indépendant qui gouverne le monde,
Font qu'un autre Ruisseau se mêle avec votre onde

Quan

Quand vous êtes unis vous ne vous quittez plus.

 De toutes sortes d'unions

 Que notre vie est éloignée !

De trahisons, d'horreurs & de dissentions

 Elle est toujours accompagnée ;

Qu'avez-vous mérité, Ruisseau tranquille & doux,

 Pour être mieux traité que nous ?

Qu'on ne me vante point ces biens imaginaires,

 Ces prérogatives, ces droits

Qu'inventa notre orgueil pour masquer nos misères ;

C'est lui seul qui nous dit que par un juste choix,

 Le ciel mit en formant les hommes,

 Les autres êtres sous leurs lois.

 A ne nous point flatter, nous sommes

 Leurs tyrans plutôt que leurs rois.

 Pourquoi vous mettre à la torture ?

Pourquoi vous renfermer dans cent canaux divers ?

Et pourquoi renverser l'ordre de la Nature

En vous forçant à jaillir dans les airs ?

Si tout doit obéir à vos ordres suprêmes,

Si tout est fait pour nous, s'il ne faut que vouloir ;

Que n'employons-nous mieux ce souverain pouvoir ?

Que ne régnons-nous sur nous-mêmes ?......

 Hélas ! on n'a plus rien à craindre,

 Les vices n'ont plus de censeurs,

Le monde n'est rempli que de lâches flatteurs ;

    C

Savoir vivre, c'est savoir feindre:

Ruisseau, ce n'est plus que chez vous

Qu'on trouve encor de la franchise;

On y voit la laideur ou la beauté qu'en nous

La bizarre Nature a mise;

Aucun défaut ne s'y déguise:

Aux rois, comme aux bergers, vous les reprochez tous;

Aussi, ne consulte-t-on guère

De vos tranquilles eaux le fidelle cristal;

On évite de même un ami trop sincère,

Ce déplorable goût est le goût général.

Les leçons font rougir, personne ne les souffre;

Le fourbe veut paraître homme de probité:

Enfin, dans cet horrible gouffre

De misère & de vanité,

Je me perds: & plus j'envisage

La faiblesse de l'homme & sa malignité;

Et moins de la Divinité

En lui je reconnais l'image.

P H I L I P S.

PHILIPS n'eſt ni le plus ancien bucolique de la langue anglaiſe, ni le premier
qui ait mérité, à ce titre, un rang parmi
les poëtes dont elle s'honore. Caucher
dont Voltaire a dit :

> Pleins de beautés & de défauts
> Le vieux Caucher a mon eſtime,
> Il eſt comme tous ſes héros,
> Babillard outré, mais ſublime.

Caucher chanta les bois & les bergers,
mais dans un langage dès long-tems inin-
telligible ; Spenſer, avec non moins de
génie & plus d'art, eſt encore, & ſera
toujours eſtimé ; mais ſes vieux mots,
ſes tours gothiques, & ſon imagination
romaneſque l'ont rangé dans la pouſſière

des bibliothéques. Milton auffi, le célèbre auteur du Paradis perdu, fit des paftorales qui ne font pas à dédaigner pour l'étude ; mais celles de Philips font les premières qui aient pu prétendre au droit de plaire encore lorfque le langage en aurait vieilli. Il remporta même le prix des chants bucoliques fur Pope, *le poëte le plus élégant, le plus correct, & le plus harmonieux qu'ait eu l'Angleterre*, fur Walhs, Gay, & Parnell ; mais Thompfon parut ; Thompfon le créateur de la Mufe champêtre Anglaife, & bientôt après le modefte chantre des tems primitifs, l'immortel Macperfon, qui pour n'avoir pas placé des bergers fur fes fites, comme les poëtes facrés, n'en a pas moins peint l'homme de la nature dans toute la fimplicité de l'innocence, & le phyfique de cette même nature, fon enfemble, fes détails, fes effets, avec une vérité qui conftate le droit des Anglais au titre de pères de la poéfie defcriptive.

STELLA,

ÉGLOGUE DE PHILIPS.

MALHEUREUX Colinet ! à quoi fert de préparer de fraîches guirlandes pour le front de Stella ? Jette ces lis & ces rofes ; compofe plutôt des feftons d'ifs noirs & de faules pâles : fais un bouquet de plantes empoifonnées ; & que ces guirlandes lugubres annoncent ta douleur. Ce chalumeau , dont les accords rempliffaient l'ame des fentimens les plus doux & les plus vifs , & qui avait enfeigné au cœur vierge de Stella les premières leçons de l'amour des Dieux & de la vertu ; ce chalumeau reftera fufpendu à ce chêne dépouillé , où les corbeaux croaffent , où les hiboux pouffent leurs cris funèbres. Ni l'alouette , ni la linotte ne me confoleront point pendant le jour : il n'y aura pas déformais , plus de différence entre le jour & la nuit , pour moi que pour Stella. . . . .

. . . . Je les entends encore les gémiffemens que pouffèrent toutes les créatures & les plaintes que les rochers attendris firent éclater par la voix des échos. Triftes préfages du malheur qui devait nous arriver ; qui devait, à caufe de nos crimes, fans doute , nous enlever Stella , ce chef-d'œuvre du Créateur , le digne objet des regards complaifans de nos Dieux ; oui , Daphnis , ta Stella , ta fœur était la gloire de la contrée , la bien-aimée de toutes les bergères , la joie de toutes les campagnes : on n'entendit plus le doux fon des chalu-méaux ; on ne vit plus les troupeaux ni les bergers errer fur la verdure , ni les brebis paître dans les champs , ou fe défaltérer dans les fontaines. Les oifeaux cefsèrent de chanter dans les bois , & les zéphyrs de répandre le parfum des fleurs.

Elle repofe dans cette grotte obfcure ; fes

membres délicats, qui avaient tant de charmes !
font étendus fous cette argille humide ; les
rofes font fanées fur fes joues ; une pâleur
livide eft répandue fur fes lèvres ; fon troupeau affligé eft couché autour d'elle ; les
bergers fe raffemblent & pleurent . . . . mais,
fa tendre mère vient : elle eft accablée de
douleurs. O vous ! arbres & fontaines, vous
en fûtes témoins ; vous pourriez apprendre
de quels triftes accens, de quels cris douloureux elle remplit cette grotte , & fe plaignit
des cieux : elle reprochait à tous les aftres
la mort de fa Stella ; elle ferrait dans fes bras
cette chère enfant privée de la vie. Ah ! ce
n'était pas pour la perdre ainfi qu'elle avait
mis en elle tout fon bonheur ; qu'elle lui
avait appris à porter la houlette dès fes plus
tendres années , & à gouverner le paifible
empire des campagnes. Comme les Cignes
font éclater la blancheur de leur plumage
fur les flots argentés du fleuve ; comme ces
flots coulent à travers les prairies pour les
embellir ; comme les blés parent les vallées ,

& les arbres les montagnes ; ainſi elle était née pour l'ornement de la contrée , l'honneur de ſon eſpèce , & l'orgueil de celle qui l'enfanta : depuis qu'elle a quitté ces hameaux , nous cultivons notre terre , déſormais indifférente , avec des ſoins inutiles. Après avoir ſemé les meilleurs grains dans nos ſillons , nous répandons nos ſueurs ſur des moiſſons ſtériles ; nos troupeaux ont perdu leur fécondité , & nos prairies ſont couvertes de chardons & d'horties. .... Elle n'eſt plus , Daphnis , elle n'eſt plus , l'aimable Stella ; jette ces fraîches guirlandes que tu apportais pour couronner ſon front , jette ces lis & ces roſes , qui devaient parer ſon ſein ; & compoſe des feſtons d'if noir , & de ſaule pâle ; ces ornemens lugubres nourriront ta douleur , ſans doute, mais ils l'affaibliront.

LE BOCAGE,

IDYLLE DE M. BAUDART.

Enfin, je te revois, séjour consolateur ;
Asile de la paix, délicieux bocage ! . . . . .
    Accepte le pieux hommage
    Que t'offre aujourd'hui mon cœur.
Que ne te dois-je point ? j'ai reçu l'existence
    Sous ton ombrage riant,
    Et des plaisirs de mon enfance
    Tu fus le théâtre innocent ;
C'était sous ces berceaux taniffés de lierre,
    Que me conduisant par la main,
    Chaque jour la plus tendre mère
Me faisait respirer les parfums du matin :
    Arbres charmans, arbres augustes !
Vous qui portez maintenant jusqu'aux cieux
    Vos fronts majestueux,
Vous n'étiez dans ce tems que de faibles arbustes ;
Je m'en souviens ; ma main allait avidement
    Saisir alors le hanneton bruyant,

C 5

Qui trouvait fa nourriture

Sur vos jeunes fommets couronnés de verdure;

Hélas ! les préjugés trompeurs

Me firent pour un tems oublier vos donceurs,

Je vous quittai préférant des chimères

A vos ombrages folitaires.

Grâces au ciel !... je rentre au port;

Dans cette heureufe retraite

Redoutant peu la tempête ,

Ici , je braverai les caprices du fort.

Toujours à mes côtés , dans cette folitude

De la Mufe des champs j'aurai les nourriffons ;

De leurs riants écrits , de leurs tendres chanfous ,

Je ferai ma plus douce étude.

Mais qu'apperçois-je là fur ce vert arbriffeau ?

Avançons... c'eft un nid... j'y vois une Fauvette !...

Tremblante , elle me guette...

Elle s'envole... hélas ! doux & timide oifeau !...

Non , non , ne crains point l'efclavage ;

Reviens , reviens... demeure en ce féjour ,

Tu l'égaieras par ton joyeux ramage :

Tes chants doux & vifs tour-à-tour

Charmeront mon ame ravie ,

Tandis qu'au fein d'une molle inertie

Je verrai mes beaux jours

S'écouler doucement , tels que les flots limpides

D'un ruisseau qui dans son cours
Ne rencontre que prés humides,
Que tilleuls odorans, que bosquets enchanteurs,
Où, sur des lits de verdure ou de fleurs,
Reposent mollement les Nymphes bocagères,
Les zéphyrs enfantins, & les grâces légères.

Arbres touffus, vous serez désormais
Les seuls témoins d'une si douce vie :
Sensible à vos bienfaits
Je coulerai mes jours sous votre ombre chérie :
Je n'aurai plus à redouter
La trahison, la perfidie,
Je n'aurai point à regretter
Les biens & les faveurs qui font pâlir l'envie.
Qu'il m'est doux de penser que je vais loin des cours
Jouir de votre présence,
Et que dorénavant mes jours
Seront tissus par l'innocence !
Quand la faux du trépas
Viendra trancher le fil de mes journées,
Je verrai sans effroi la fin de mes années,
L'aspect de mon tombeau ne me troublera pas.
Puissé-je être inhumé sous ce vieux sycomore
Où chaque jour au lever de l'aurore,
Mille petits oiseaux
Viennent unir leurs voix aux sons de mes pipeaux.

Ils se plairont encor à récréer ma cendre ;

Et mon ombre paisible, aimant à les entendre ,

Ainsi que le zéphyr, viendra légérement

  Les écouter sur le gazon naissant.

   Délicieuses pensées !

Qui portez dans mon cœur un calme attendrissant ,

Ah ! daignez étouffer, pour mon contentement,

  Le souvenir de mes peines passées.

L'HIVER,

IDYLLE DE THOMPSON.

BERGERS, il est tems de vaquer aux soins
intérieurs. L'hiver, porté sur une obscurité
profonde qui affaisse le monde, verse déjà sur
la Nature ses malignes influences, & féconde
la semence des maladies. Il est accompagné
de sa suite lugubre, & précédé de ses ministres aussi impitoyables que lui : hâtez-vous,

Bergers , il est tems de vaquer aux soins
intérieurs.

Des tempêtes plus piquantes arrivent ; les
nuages sortent épais de l'Orient glacé. Un
déluge de vapeurs se congèle en neige dans
leur vaste sein : ils roulent pesamment leur
laine blanche , & le firmament s'attriste des
préparatifs de l'orage. Bientôt la neige des-
cendra dans l'air tranquille , d'abord légère &
vacillante, ensuite plus prompte & plus épaisse.
Les collines , les champs , tout éclatera de
blancheur , excepté le bord du ruisseau où les
nouvelles neiges se fondent. Les bois abais-
feront leurs têtes chenues , & avant que le
soleil , faible & languissant , ait envoyé ses
rayons du soir, la surface de la terre , transie
& profondément cachée , sera un désert
éblouissant où les ouvrages de l'homme seront
ensevelis. Le bœuf destiné au labourage ,
accablé & couvert de neige , demandera le
prix de ses travaux. Les oiseaux, apprivoisés
par la saison cruelle , viendront en foule
autour des vanneurs, & réclameront la petite

portion qui leur est assignée par la providence. Le seul rouge-gorge, qui est consacré aux dieux domestiques ; le rouge-gorge, sagement attentif aux troubles du firmament, quittera ses compagnons tremblans pour se confier à l'homme, & lui rendre sa visite annuelle. D'abord effrayé, il vole & bat de l'aile contre la fenêtre ; il descend ensuite & s'approche du foyer ; sautant sur le plancher, il regarde la famille souriante, il béquette, s'éloigne, & s'étonne du lieu où il est, jusqu'à ce que devenu plus familier, les miettes de la table attirent ses pieds délicats.

Bergers, il est tems de vaquer aux soins intérieurs. Hâtez-vous ; sauvez vos troupeaux de la rage des aquilons : qu'ils trouvent dans l'étable une nourriture abondante & un abri contre l'orage ; car les tourbillons rapides vont sortir de l'Orient, enlever avec furie, réunir le fardeau qui couvre la terre, & engloutir le malheureux troupeau qu'un imprudent berger garde entre deux collines. Voyez-le fuir, en jetant par intervalle des yeux noyés de larmes, fur le vallon, qui s'enfle & s'élève comme une montagne, dont le fommet glacé brille dans le firmament. Il s'arrête, accablé de douleur, fe perd, & méconnaît fon propre champ. Il voit de nouvelles collines, dont le trifte fommet lui eft inconnu. Il voit des tableaux effrayans qui lui déguifent la plaine ; il ne fe reconnaît plus, il ne retrouve ni les rivières, ni les forêts perdues dans ce défert informe ; il erre des collines aux vallons, & s'égare toujours de plus en plus. Troublé du fouvenir de fa maifon, impatient, il fe plonge dans des monceaux flottans. Le trifte défir de trouver fa demeure ranime fa vigueur qui fe confume en efforts inutiles. Combien fon ame eft accablée ! quel défefpoir ! quelles horreurs rempliffent fon cœur, quand à l'erreur de fon imagination, qui lui a per-fuadé qu'il apperçoit fa cabane, fuccède la douleur de ne trouver qu'un funefte défert ! cependant la nuit approche & l'environne ; la tempête gronde fur fa tête, & accroît

l'horreur de fa pofition. Son efprit alors,
n'enfante que d'effrayantes idées ; des précipices, des chutes d'eau, des marais que la
gelée n'a pu rendre folides, des gouffres
comblés par la neige, augmentent l'abattement de fon corps ; il ne fait ce qui eft eau,
il craint à chaque pas de rencontrer ou le
lac folitaire, ou la fontaine qui bouillonne
fans ceffe. Il s'arrête enfin, & s'affied près
d'un monceau fans forme ; penfant à toute
l'amertume de la mort, & le cœur ferré de
cette tendre angoiffe que la Nature darde
dans le fein de l'homme qui meurt loin de
fa femme, de fes enfans, & de fes amis.
En vain fon époufe foigneufe prépare, en
l'attendant, un feu brillant, & un vêtement
chaud ; en vain fes jeunes enfans, attentifs
à obferver les variations de l'orage, implorent les Dieux, leur demandent un père, les
yeux pleins d'innocentes larmes ; hélas ! il
ne reverra plus ni fa demeure, ni fa femme,
ni fes enfans, ni fes amis. Il ne les reverra
plus ; l'impitoyable hiver s'eft emparé de fes

nerfs ; le froid s'eſt gliſſé dans ſes entrailles ;
il eſt étendu au long des neiges, glacé,
fans vie, & femblable à une maſſe infenſible
qui blanchit au fouffle du Nord.

Hâtez-vous, Bergers, hâtez-vous ; il eſt
tems de vaquer aux ſoins intérieurs.

LA FIN DE L'AUTOMNE,

IDYLLE DE M. BERANGER.

QUE font-ils devenus, ces jours, ces heureux jours,
  Si chers à mon ame attendrie,
  Où, voltigeant fur l'épine fleurie,
Le roſſignol chantait & Flore & ſes atours ?
Ah ! foit qu'il célébrât ſa compagne chérie,
  Ou le triomphe du printems,
  Que mon oreille était ravie
De l'entendre la nuit foupirer ſes accens !
 Qu'êtes-vous devenus, doux plaiſirs de ma vie !
Tout languit, fouffre & meurt dans les bois dans les champs:

Le zéphyr eſt chaſſé par les fougueux autans.

Flore fuit ſans guirlande au bruit de la tempête,

    Et ſa corbeille ſur la tête,

    Pomone court à pas légers

Cacher dans les hameaux les tributs des vergers.

La triſte nuit accroît l'empire de ſon ombre;

Le terrible aquilon ſouffle les noirs frimats

Et, voilé de vapeurs, le Dieu de nos climats

Répand au lieu du jour un crépuſcule ſombre;

    Ou s'il laiſſe échapper un trait,

Vainqueur enfin de cette nuit obſcure,

Il ſemble, en s'eloignant, n'éclairer qu'à regret

    Les ruines de la nature.

Hôtes brillans des airs, vifs & charmans oiſeaux,

Qui mêlez les couleurs de votre beau plumage

    Au vert naiſſant des arbriſſeaux;

    De long-tems, ſous ces frais berceaux,

Hélas! je n'entendrai votre aimable ramage:

    De long-tems je ne reverrai

Du mois riant des fleurs l'agile meſſagère,

Prognée, happant le moucheron doré,

Par ſes cris dans les airs lui déclarer la guerre;

    Et raſer d'une aile légère

    Le liquide criſtal de ce lac azuré,

    Chaſſé par l'époux d'Orythie,

Cet oiſeau voyageur abandonne nos toits,

Ces toits hospitaliers ou l'argille arrondie
Fut façonnée en nid avec tant d'industrie.
Aimable oiseau, pars, vole encor quelques mois,
Et tu les reverras ces lieux qui t'ont vu naître,
Et de tes chers enfans tu connaîtras la voix.
Mais pour moi, malheureux, ah ! je mourrai peut-être,
Sans revoir le verger, les champs, le jeune bois,
     Sans revoir l'asile champêtre
Où le jour m'éclaira pour la première fois.
Cigognes au long bec, & vous, rapides Grues,
Qui traversez les airs, qui voguez dans les nues,
Vous allez les chercher, ces beaux lieux sans hiver,
Tandis que le Corbeau fatigue, attriste l'air
D'un vol pesant & bas, d'une voix rauque & dure,
Que l'écho d'alentour répète avec douleur,
     Et dont le crédule pasteur
Pour ses tendres agneaux tire un sinistre augure.
Moi-même, je l'avoue, en ces longs jours de deuil,
Je me crois poursuivi par des spectres funèbres :
La mort qui m'apparaît dans le sein des ténèbres,
Semble en me menaçant s'asseoir sur un cercueil.
D'une sombre terreur mon ame est investie,
Au sein de nos hameaux, au milieu des forêts,
Par-tout des pensers noirs, de lugubres objets,
Et de la triste peur le terrible génie
Redoublent mon chagrin & ma mélancolie.

J'écoute.... je frémis ; quels affauts véhémens ?

J'entens rugir au loin la voix des ouragans ;

La mer tombe & bondit fur fes bords écumans,

Les rochers qu'elle roule entre-heurtés dans l'onde ;

La foudre & fes éclats , la difcorde des vents ,

Augmentent de mon cœur l'épouvante profonde... ;

Ainfi dans ces beaux lieux où du cruel ennui

Je ne fentis jamais les langueurs odieufes ,

    Mon ame n'éprouve aujourd'hui

Que des impreffions triftes & douloureufes :

La vague inquiétude & le morne dégoût ,

Je ne fais quels tourmens , quelles vapeurs affreufes

S'exhalent de mon cœur , & m'affiégent par-tout.

Plaines en deuil , naguères fi fécondes

Lieux tant aimés , hélas ! que vous êtes changés !

    Comme vous êtes ravagés

    Par le débordement des ondes !

Ces antiques forêts qui bornent l'horizon ,

Retraites dont j'aimais l'horreur filencieufe ,

Ces ormes immortels , à la tête pompeufe ,

Ont perdu , tourmentés par l'humide orion

    Leur majefté religieufe.

    Dieux ! comme ils font déshonorés

Ces fertiles côteaux , ces boulevards des prairies !

Nos champs , d'un vif émail naguères diaprés ,

Ne me préfentent plus que des beautés flétries ;

Au lieu de ces raisins ambrés
Bacchus n'offre à mes yeux que des feuilles rougies
Qu'enlèvent la froidure & les vents conjurés.

Oh ! que vous m'inspirez de tristes rêveries ,
Parterres émaillés de roses & de lis !
Vos tiges défleuries ,
Vos gazons pâlissans , vos bordures noircies
Aigrissent mes ennuis.

Quelle horrible métamorphose !
Je crois voir le bonheur envolé sans retour ;
Oui , c'en est fait , oui , mon dernier beau jour
S'est éclipsé quand la dernière rose
Cessa d'embellir ce séjour.

Ils reviendront pourtant ces jours que je regrette ,
Nos prés verront encor fleurir leurs alisiers ;
Vous renaîtrez , jeunes rosiers ,
Et toi qui charme ma retraite ,
Sensible oiseau , tendre fauvette ,
Tu viendras béqueter les fruits de nos vergers ,
Et vers le *renouveau* m'enchanter la première ,
Par tes airs amoureux , par tes accens légers ,
Qu'a nos bruyans concerts mon oreille préfère.

Lorsque le Dieu du jour rapprochant son flambeau ,
Inondera les cieux de ses flammes nouvelles ,
L'univers ranimé sortira du tombeau ;
Tout meurt & tout renaît : couronnés d'immortelles ,

Cybèle & le printems reviennent tour à tour ;

    Mais pour nous , mortels misérables,

    Quand des Parques impitoyables

La main ferme nos yeux à la clarté du jour ;

    Dans leurs gouffres infatiables

    Nous difparaiffons fans retour.

C'eft en vain qu'on gémit , c'eft en vain qu'on foupire ,

Les aveugles deftins , ces Dieux fourds & cruels

Laiffent fe confumer en regrets éternels

Les pâles habitans du ténébreux empire.

LA SANTÉ. (1)

EGLOGUE DE THOMAS PARNELL.

L'AURORE n'avait point encore effacé toutes les étoiles ; les bergers, précédés de leurs brebis bêlantes, n'avaient encore imprimés leurs traces profondes que dans la verdure des prairies voisines du hameau, & les vaches, arrêtées près des barrières, né-

---

(1) Les anciens avaient personnifié cette manière d'être des corps organisés, & lui rendaient un culte sous le nom d'Hygie, fille d'Esculape, & déesse de la santé, que quelques modernes ont confondue avec Minerve-Hygica, surnom qu'on donnait à la déesse des arts, lorsque par une dévotion spéciale c'était à elle à qui on s'adressait pour obtenir le retour de la santé. Cette Eglogue n'est, quant à l'invention & à la forme, qu'une imitation de celle de la mélancolie du célébre Milton.

gligeaient de paître, attendant les mains qui devaient les foulager du poids de leur lait; lorfque le jeune Damon, le cœur calme, & l'efprit délivré des foins qui troublent l'habitant des villes, fortit de fa riante demeure, & après avoir traverfé les champs nouvellement moiffonnés, s'engagea dans une longue plantation d'arbres fruitiers, qui, ferpentant fur une colline à pente douce, conduifait à un agréable berceau qui dominait la plaine : ce fut là qu'il s'arrêta, & tandis que les hôtes de l'air continuaient leur concert du matin, il commença ainfi fes chants.

O Déeffe de la campagne, belle Santé, viens, accours fur les ailes des zéphyrs Étéfiens : viens fixer ici ta demeure chérie ; qu'à travers les rameaux & les feuilles tremblantes de cet ombrage frais, ma bouche refpire tes dons falutaires, avec l'air pur & balfamique du jour naiffant. De quel prix feraient pour moi ces champs, ces bois, ces côteaux de formes variées ; quels charmes

auraient-ils

æaraient-ils à m'offrir, fi je n'en jouiffais avec
toi, aimable déeffe de la campagne ?

Elle s'approche, j'en reffens déjà la préfence : oh, mon ame ! livre-toi fans réferve
à la joie. Elle s'approche, & la face de
la nature s'anime : les vents légers & ra-
fraîchiffans volent & rafent la furface du
gazon ; les marguerites s'ouvrent aux rayons
du foleil ; les flots argentés des fontaines
accélèrent leurs roulemens ; les arbres tref-
faillent & communiquent un doux frémiffement à leurs feuilles agitées ; les oifeaux
s'élancent fur les tiges les plus élevées, pour
que les échos ne perdent rien de leur ramage
mélodieux, & en rempliffent les intervalles.
Ces montagnes frappées des premiers rayons
du foleil ; ces grottes filencieufes, couvertes
d'épais ombrages ; ces rives tapiffées d'une
mouffe fine & toujours verte ; ces vallées
émaillées de fleurs, qui fe fuccèdent, fe
prolongent en détours irréguliers, & dé-
terminent le cours du ruiffeau qui les féconde : tout enchante mes yeux, partage

D

mon attention , & fixe le plaifir dans mes fens.

Cependant , ô Déeffe bienfaifante , belle Santé! ne crois pas que mon culte fe réduife à de vains chants de reconnaiffance ; j'appellerai l'Exercice , habitant de ces montagnes , il ne fe refufe point à ceux que tu chéris. Je l'entends dans l'épaiffeur de ces forêts ; fon cors fonne , les gorges répètent les tons de chaffe ; il fuit fur ces rochers le chevreuil rapide ; il les franchit ; il traverfe légérement la plaine ; fes chiens, fes oifeaux, fes courfiers groffiffent fa fuite nombreufe ; derrière lui flottent des filets & des toiles : ce font pour les hommes faibles des inftrumens d'un travail pénible ; ce font avec toi des fources de plaifirs.

Que la pareffe languiffe & s'éteigne , plongée dans le duvet ; qu'énervée par le repos, la molleffe fe berce au fein des villes , qu'elle reproduife les langueurs qui l'accablent, ou nourriffe d'autres maux , enfans des faux plaifirs; pour moi , au fein de ton empire, Déeffe de la campagne, je monterai à cheval, j'appellerai mes chiens, leur voix bruyante lancera le renard ; je pourſuivrai le cerf léger & majeſtueux ; je lâcherai vers la voûte des cieux le faucon aux ſerres avides ; j'offrirai un appât trompeur aux habitans des eaux, &, conſacrant ainſi mes jours, ma vigueur & mes plaiſirs naîtront de la diverſité du culte que je te rendrai.

Fixe donc ton ſéjour dans ces bois, Déeſſe aux joues vermeilles, aux yeux vifs & rians : tu feras à jamais l'objet de mes chanſons ; c'eſt pour toi que mes bras nettoieront mes allées ; que je courberai les branches élaſtiques de mes berceaux ; que je tondrai mes buis, que j'arroſerai mes fleurs : c'eſt pour toi que j'ai conſtruit cette demeure ſans faſte ; c'eſt à toi que j'y ſacrifierai conſtamment ; mes heures de repos y appartiendront à la tendre amitié : ſes entretiens épurent la douceur de nos jours, & le taſcule de Cicéron renaîtra dans le mien. La lecture aura auſſi ſes momens ; & ſoit que

dans des livres férieux j'apprenne à être
bon, fans fonger à devenir favant ; foit
qu'aux fons d'une flûte ruftique j'erre fur
les bords du Mincio, de l'Eurotas ou de la
Tamife, chacune de mes occupations fera
toujours un hommage rendu à la divinité
tutélaire de mon afile.

Demeure donc ici toute l'année, ô brillante Santé ! & quand l'autre lui fuccédera,
daigne y recevoir encore le même culte.

CHAULIEU.

L'A B B É de Chaulieu naquit en 1639 ;
ce fut dans la société intime du prince
de Conti , du duc de Vendôme & des
plus grands seigneurs , qu'il contracta de
bonne heure les tours nobles & heureux
qui font en partie le charme de ses poésies. Il est souvent négligé , mais rame-
nant tout à la beauté des images & sur-tout
au sentiment , il n'en est que plus original. Il mourut en 1720 , abbé d'Aumale,
& prieur de Saint-George de Poitiers , de
Reynel & de Saint Etienne.

LA VIE CHAMPÊTRE,

IDYLLE DE CHAULIEU.

DÉSERT, aimable solitude,
Séjour du calme & de la paix ;
Asile où n'entrèrent jamais
Le tumulte & l'inquiétude.

Quoi, j'aurai tant de fois chanté
Aux tendres accords de ma lyre,
Tout ce qu'on souffre sous l'empire
De la mode & de la beauté !

Et plein de la reconnaissance
De tous les biens que tu m'as faits,
Je laisserais dans le silence
Tes agrémens & tes bienfaits.

C'est toi qui me rends à moi-même,
Tu calmes mon cœur agité ;
Et de ma seule oisiveté
Tu me fais un bonheur extrême.

Parmi ces bois & ces hameaux,
C'est-là que je commence à vivre ;

Et j'empêcherai de m'y fuivre
Le fouvenir de tous mes maux.

Emplois, grandeurs tant défirées,
J'ai connu vos illufions,
Je vis loin des préventions
Qui forgent vos chaînes dorées.

La cour ne peut plus m'éblouir;
Libre de fon joug, le plus rude,
J'ignore ici la fervitude
De louer qui je dois haïr.

Fils des Dieux, qui de flatteries
Repaiffez votre vanité,
Apprenez que la vérité
Ne s'entend que dans nos prairies.

Grotte, d'où fort ce clair ruiffeau,
De mouffe & de fleurs tapiffée,
N'entretiens jamais ma penfée
Que du murmure de ton eau.

Banniffons la flatteufe idée
Des honneurs qu'on m'avait promis;
Mon favoir faire, & mes amis,
Tous deux maintenant en fumée...

Ah ! quelle riante peinture
Chaque jour fe montre à mes yeux !
Des tréfors dont la main des Dieux
Se plaît d'enrichir la nature.

Quel plaisir de voir les troupeaux,
Quand le midi brule l'herbette,
Rangés autour de la houlette,
Chercher l'ombre sous les ormeaux !.

Puis, le soir à nos musettes
Ouir répondre les échos,
Et retentir tous nos côteaux,
De hautbois & de chansonnettes.

Mais, hélas ! ces paisibles jours
Coulent avec trop de vitesse ;
Mon indolence & ma paresse
N'en peuvent arréter le cours,

Déjà la vieillesse s'avance,
Et je verrai dans peu la mort
Exécuter l'arrêt du fort
Qui m'y livre sans espérance.

Fontenay, lieu délicieux,
Où je vis d'abord la lumière,
Bientôt au bout de ma carrière,
Chez toi je joindrai mes aïeux.

Muse, qui dans ce lieu champêtre,
Daignâtes d'abord me sourire,
Beaux arbres, qui m'avez vu naître,
Bientôt vous me verrez mourir.

MACPERSON.

L'HOMME de l'âge d'or, ou des vertus, n'étant pas le produit de la condition pastorale, mais du régime social primitif, de la première existence civile, déterminée par les seuls besoins naturels, qui, peu nombreux, & faciles à satisfaire, ne nécessitent pas l'individu, à enfreindre les lois, à s'industrier pour être criminel sans danger ; cet homme appartenant à tous les états dont le premier période des sociétés est susceptible; les poetes ont pu, sans blesser la vérité, introduire sur la scène champêtre, des pêcheurs, des chasseurs, & même des chasseurs guerriers, pourvu que ce dernier mode ne fût qu'accidentel, & résultant du seul besoin de la défense ; non - seulement ils l'ont pu, mais ils

D 5

auraient dû le faire, foit pour donner
plus de variété à leurs fables, foit pour
compléter le tableau de cet âge regretté.
Les chants herfes offrent la preuve de
cette vérité, que M. Macperfon lui-même,
auteur de ces chants, d'un genre abfolument neuf, n'a peut-être pas fenti ; je
dis auteur, parce que malgré la modeftie
qui les lui a fait donner fous le nom
d'Offian, barde de troifième fiècle, il
n'a pas tardé à être apperçu & reconnu
fous le voile dont il s'enveloppait, on
ne fait trop pourquoi ; fes poëmes étant,
prefque tous, également précieux, foit
comme tableaux hiftoriques de l'exiftence
des anciens Ecoffais, foit comme peinture du cœur humain avant fon altération
morale, foit enfin, comme production
du génie & chefs - d'œuvre du genre
épique. Auffi, accueillis en Angleterre
avec l'enthoufiafme qu'infpire le vrai
beau, leur traduction n'a t-elle pas produit
un moindre effet en France, où ils font
le charme de l'efprit & du cœur pour
l'homme de goût, & un objet d'étude

pour les poëtes & les littérateurs. Cependant il ferait à défirer qu'après avoir fatisfait au refpect dû à l'auteur, par une traduction littérale, M. le Tourneur en eût donné une feconde, à laquelle aurait préfidé le goût, en même tems févère & délicat, de la Mufe Françaife, & telle qu'elle ferait fortie du burin de feu. M. Macperfon ; fi , affez verfé dans notre langue pour en connaître le génie ,, il avait fait lui-même la verfion de fes poemes. Au furplus , celle que nous a laiffé le célebre traducteur de Shakefpeare & de Richardfon, eft auffi élégante que fidelle, & doit être confidérée comme une des richeffes acquifes de notre littérature qui n'avait rien dans ce genre , & dont aucun effai en vers n'a encore pu rendre les beautés propres à notre. poéfie.

MALVINA,

CHANT HERSE DE M. MACPERSON.

MALVINA & OSSIAN.

OSSIAN.

O TORRENT ! roule tes flots azurés autour de l'étroite vallée de Lutha ; forêts des montagnes, penchez-vous pour l'ombrager, quand à midi le soleil y darde tous ses feux, on y voit le chardon solitaire, dont la chevelure grisâtre est le jouet des vents ; la fleur incline sa tête au souffle du zéphyr, & semble lui dire : zéphyre importun, laisse-moi reposer, laisse-moi rafraîchir ma tête dans la rosée du ciel, dont la nuit m'a couverte : l'instant

qui doit me flétrir eft proche, & le vent
jonchera bientôt la terre de mes feuilles defféchées : demain le chaffeur, qui m'a vu
dans toute ma beauté, reviendra ; fes yeux
me chercheront dans la prairie que j'em-
belliffais, fes yeux ne m'y trouveront plus....
Ainfi l'on viendra dans ces lieux prêter en
vain l'oreille pour entendre la voix d'Offian ;
elle fera éteinte. Les jeunes filles, au lever
de l'aurore, s'approcheront de ma demeure,
elles n'y entendront plus le fon de ma voix :
" Où eft le fils de Fingal ? ,, Et les larmes
couleront fur leurs joues.

Viens donc, ô Malvina ! viens, en chantant, me conduire dans la riante vallée de
Lutha ; élèves-y mon tombeau. Malvina,
où es-tu ? je n'entends point ta voix chérie ;
je n'entends point tes pas légers ; tu t'éloignes
de moi pour répandre des pleurs.... Mais,
je l'apperçois feule, affife fur le bord du
torrent, la tête penchée fur fon bras de
neige ; elle fixe dans l'éloignement, l'étroite
& fombre demeure de fon époux.... ô ma

fille ! nos foupirs ne rappellerons point mon cher Ofcar à la vie.... Elle prend fon chalumeau.... que ces accords font touchants ! quoique trifles , ils font doux , plus doux que le gazouillement du ruiffeau.

M A L V I N A.

Oui , c'eft la voix de mou époux ; rarement fon ombre vient me vifiter dans mes fonges. Ouvrez vos demeures aériennes, pères de Malvina , ouvrez vos portes de nuages ; elle eft prête à vous rejoindre : une voix me l'a annoncé dans mon fommeil , & je fens que mon ame va prendre fon vol. O vents ! pourquoi avez-vous quitté les flots du lac ? vos ailes ont agité la cime des arbres , & le bruit a fait évanouir la vifion. Mais Malvina a vu fon époux ; fa robe aérienne flottait fur les vents ; ce rayon de foleil en dorait les franges ; elles brillaient comme l'or de l'étranger. Oui, c'était la voix de mon époux, rarement fon ombre vient me vifiter dans mes fonges.

Fils d'Offian, cher Ofcar, tu vis dans le
cœur de Malvina · mes foupirs fe lèvent
avec l'aurore, & mes larmes defcendent avec
la rofée de la nuit. Cher époux, je fleu-
riffais en ta préfence comme un jeune arbriffeau ; mais ta mort, comme un vent brûlant, eft venue flétrir ma jeuneffe ; ma tête
s'eft penchée ; le printems eft revenu avec fes
rofées bienfaifantes, & ne m'a point fait
refleurir ; mes jeunes compagnes me voyaient
dans un morne filence au milieu des prairies ; elles chantaient pour rappeler la joie
dans mon ame, mais les larmes coulaient.
toujours fur les joues de Malvina ; elles
voyaient ma trifteffe profonde, & elles me
difaient : pourquoi es-tu fi obftinée dans ta
douleur, toi, la première des belles de Lutha?
ton époux était donc à tes yeux, aimable &
beau comme le premier rayon du matin ?

OSSIAN.

Je t'écoutais, ô ma fille ! ta voix charme
mon oreille ; tu as fans doute entendu dans

tes fonges les chants des chaffeurs décédés ;
tu as entendu leurs concerts, lorfque le
fommeil defcendait fur tes yeux au doux murmure du Moruth ; & tu répètes leurs chants
mélodieux. Tes accens, ô Malvina, font
doux ; mais ils attriftent l'ame : il eft un
charme dans la trifteffe, lorfque le cœur eft
en paix ; mais le chagin confume l'homme,
& fes jours s'écoulent bientôt dans les larmes :
il tombe comme la fleur que la nuit a couverte de rofée, & que le foleil du midi
vient brûler de fes rayons. Ma fille, prête
l'oreille aux chants d'Offian ; il fe rappelle
les jours heureux de fa jeuneffe.... Mais....
tu chancelles ;... tes yeux humides fe ferment
à la lumière.... Malvina, ... ma fille,...
ô ma fille !... elle n'eft donc plus ! ....
Repofe en paix, fille du généreux Tofcar ;...
aftre charmant, tu n'as pas brillé long-
tems fur nos montagnes : belle & majef-
tueufe au moment où tu difparus, tu ref-
femblais à la lune, quand elle réfléchit fon
image tremblante fur les flots ; mais tu nous.

à laissés dans une affreuse obscurité ; nous nous asséions déformais près du rocher, au milieu d'un vaste silence, & sans autre lumière que celle des météores. Astre charmant, tu as bientôt disparu.

Semblable au point brillant qui part de l'Orient, tu t'élèves dans les airs, tu vas t'asseoir avec l'ombre d'Oscar, au-dessus de la région où soufflent les vents. Ah ! reviens quelquefois, viens consoler la solitude du vieillard que tu chérissais ; viens le visiter dans ses songes. Mais un bruit sourd s'élève dans la bruyère ; les vents orageux se taisent ; j'entends la voix de Fingal, cette voix qui, depuis si long-tems, n'a frappé mon oreille : « viens, me dit-il ; viens, Ossian, tu as chanté le dernier de tes amis : viens, viens t'asseoir avec eux au milieu des nuages. »

Oui, je vais vous rejoindre, vous qui n'avez brillé qu'un instant comme des flammes passagères. La vie d'Ossian touche à son terme ; je sens que bientôt je vais disparaître ; bientôt l'on ne verra plus la trace de mes pas fur la colline ; je vais m'endormir près du rocher de Mora , & les vents fifflant dans mes cheveux blancs , ne m'éveilleront plus. O vents , vous ne pouvez plus troubler le repos d'Offian ; fes yeux s'appéfantiffent ; la nuit fera longue , . . . Retirez-vous , vents impétueux.

LE MATIN,

IDYLLE DE LÉONARD.

La terre fort de fon filence ,
Et fourit avec joie aux premiers feux du jour ;
La mufique des airs annonce leur retour :
Par-tout j'entends la voix de la reconnaiffance.
Je vais fur ce bâton , l'appui de mes vieux ans ,
    Me traîner hors de ma chaumière :
Là , je contemplerai la verdure des champs ,
Et le naiffant éclat que répand la lumière.

  Que la Nature eft belle ! & que ce jour eft pur !
Comme il s'étend déjà fur l'horizon obfcur !
Les légères vapeurs que fon reflet colore,
    Couvrent le fommet des côteaux ,
    Et l'eau bleuâtre des ruiffeaux ,
Qui femble au loin fumer dans l'aube faible encore.

  Tous les êtres charmés élèvent leurs concerts :
Le zéphyr qui murmure en careffant les plantes,
Auprès du fier bélier les brebis bondiffantes ,
Le berger dans la plaine & l'oifeau dans les airs ,

Expriment le plaifir en mille accens divers.
De mes premiers tranfports je fens naître l'ivreffe ;
O matin ! ton afpect fait palpiter mon cœur ;
Je m'échauffe aux rayóns de ce feu créateur ;

   Et ma défaillante vieilleffe

Refpire avec ce frais le fouffle du bonheur.

   Grâces te foient rendues, ô Dieu confervateur,

Toi, dont j'ai fi long-tems reffenti la clémence !
Deux fois quarante hivers ont fuivis ma naiffance :
Ce grand âge a paffé comme un jour de printems.

   , Quand je parcours l'efpace immenfe

Qui m'offre comme un point l'aurore de mes ans,
Que je me fens ému ! dans quels raviffemens
Je me rappelle encor leurs douces jouiffances !
D'un air contagieux mes troupeaux ni mes champs
N'éprouvèrent jamais la mortelle influence ;
Jamais de mon réduit n'approcha l'indigence ;

   Si le malheur m'a vifité,

Si quelquefois mes yeux ont répandu des larmes,

   Aux jours de la félicité

Ces orages légers prêtaient de nouveaux charmes.
Hélas ! fous un ciel pur, au bord de mes ruiffeaux,
J'ai vu couler mes jours comme coulent leurs eaux ;
Je les ai vus fuivis de paifibles ténèbres ;
Un fommeil bienfaifant fufpendait mes travaux,
Et jamais le fouci, pour troubler mon repos,

N'agita ses ailes funèbres.

Dans le cours fortuné de mes lustres nombreux
Je ne compte aucun jour perdu pour la nature :
J'eus des amis, je fis quelquefois des heureux ;
J'aimais, & je connus cette volupté pure
Qui naît d'un doux accord d'un couple vertueux.
O jeunesse ! ô saison dont tout m'offre l'image !
　　　Qu'avec transport je t'envisage !
Lorsque sur mes genoux je portais mes enfans,
Qu'en me livrant comme eux aux plaisirs de leur âge,
Je me sentais pressé de leurs bras innocens ;
Que je goûtais alors un bonheur sans nuage
En voyant s'élever ces tendres arbrisseaux !
Mes yeux, de l'avenir pénétraient la nuit sombre ;
Je disais : ils croîtront, leurs utiles rameaux
Recevront ma vieillesse à l'abri de leur ombre.
J'ai joui, grâce au ciel, du fruit de mes travaux,
Et j'ai vu le succès passer mon espérance.
En rappelant les soins que j'eus de votre enfance,
De votre père un jour bénissez le repos,
Mes fils ! si je n'ai pu vous laisser l'abondance,
Je vous ai fait des cœurs à l'épreuve des maux.
Quel homme est ici-bas exempt de leurs assauts ?
Pour la première fois, quand je connus la peine,
Ce fut, ô ma Zélis ! ce jour où sur mon sein,
Ton ame s'échappa comme une douce haleine

Où le froid du trépas glaça ta faible main ,

Que tu tentais encor d'attacher fur la mienne.

Combien ce fouvenir m'a fait verfer de pleurs !

Mais de tous nos chagrins le tems tarit la fource :

    Douze fois la faifon des fleurs

Au gazon de fa tombe a mêlé fes couleurs ,

Et le moment approche où doit finir ma courfe.

J'ai de ce terme heureux de fûs preffentimens :

Ce foir , fur la colline où repofe ta cendre ,

    Je veux affembler mes enfans ;

Toi qui me fis l'objet de tes bienfaits conftans ,

Au dernier de mes jours daignes encor m'entendre :

O Dieu ! fais-moi mourir dans leurs embraffemens.

LA RECONNAISSANCE,

IDYLLE DE THOMPSON.

L'AIMABLE & jeune Lavinie fut, dès ses premières années, dépourvue de tout appui : elle vivait dans une cabane avec sa mère, veuve, âgée, faible & pauvre. Retirées toutes deux dans un vallon tranquille, la bonté commune de la nature faisait presque seule tous les frais de leur nourriture ; cependant elles vivaient contentes, & sans soin du lendemain, comme les oiseaux, dont les chants égayaient leur réveil & charmaient leur loisir. La beauté de Lavinie était brillante comme la rose, quand la fraîcheur du matin humecte ses feuilles sans tache, & pure comme le lis, ou la neige des montagnes. Les vertus modestes brillaient dans ses yeux, qui ne dardaient leurs rayons *humides* que sur les fleurs ; une grâce naturelle animait toute sa personne ; ses charmes étaient voilés d'une robe simple, elle en paraissait plus belle, & en effet, c'était la beauté se méconnaissant elle-même : comme un myrte élevé dans les profondes vallées de l'Apennin, à l'abri des collines qui l'entourent, répand ses parfums sur le désert ; ainsi fleurissait la douce Lavinie, ignorée de tout le monde, jusqu'à ce que forcée par la loi suprême de la dure nécessité, la patience dans le cœur, & la douceur dans les regards, elle fut glaner les champs de Palémon : il était l'ornement des bergers : généreux, riche, & menant la vie champêtre dans toute sa pureté & sa joie, telle que les Muses de l'Arcadie l'ont chantée. Palémon alors jouissait du charme des scènes utiles de l'Automne ; il était au milieu de ses moissonneurs, gaiement animés par sa présence, quand la modeste Lavinie attira ses regards : elle ne connaissait pas le pouvoir de sa beauté, & se détourna en rougissant. Palémon fut frappé de tant d'attraits,

traits, cependant la timide modeſtie lui en
avait dérobé la moitié. En cet inſtant le
chaſte Dieu de l'hyménée ſecoua, ſans qu'il
s'en apperçût, ſon flambeau ſur ſon cœur,
& il ſoupira. « Quel malheur, s'écria – t – il
» bientôt, qu'une figure ſi délicate, ſi belle,
» & où la bonté & la nobleſſe ſe peignent
» également, ſoit réſervée pour le chaume
» de quelque pâtre groſſier ! elle ſerait digne
» d'être de la race du vieux Acaſte ; & rap-
» pelle à mon ſouvenir ce protecteur de ma
» jeuneſſe, ce vieillard bienfaiſant, à qui je
» dois les commencemens de ma rapide for-
» tune : il n'eſt plus maintenant ; ſa maiſon,
» ſes terres, ſa famille ſe ſont diſperſées.
» On dit que ſa veuve âgée, & ſa fille,
» demeurent dans quelque retraite ſolitaire
» & obſcure, forcées par la pauvreté à s'éloi-
» gner des lieux dont elles faiſaient l'orne-
» ment dans des tems plus heureux. Juſqu'à
» ce jour, je n'ai pu les découvrir, toutes
» mes recherches ont été vaines. . . . Déſir

E

» romanefque ! . . . . Je voudrais que ce fût
» là fa fille ».

Alors, l'abordant, il la queftionne, &
reconnaît qu'elle eft la fille du bon Acafte.
Qui pourrait exprimer le mélange des fentimens & des tranfports qui agitèrent fon
cœur ? ils s'allument, croiffent en un inftant;
la tendreffe, la reconnaiffance & la p.tié,
réunies & confondues dans fon ame, lui
arrachent tout-à-coup des larmes.

Confufe & effrayée de ces larmes fubites,
Lavinie en devient plus belle, & Palémon
livré à des fentimens que tout lui juftifie,
exprime ainfi le pieux raviffement de fon
ame ;

« N'eft-ce point une erreur ? eft-ce bien
» le refte précieux d'Acafte que je retrouve,
» celle que ma reconnaiffance a fi long-
» tems cherchée en vain ? Oui, c'eft toi-
» même, l'image adoucie de mon digne pro-
» tecteur : c'eft fon regard, ce font fes traits
» touchés plus délicatement. Tu es plus

» douce & plus brillante que le printems :
» ô fleur aimable, seul rejeton de cette tige
» qui soutint ma jeunesse ! Dis , dis dans
» quel désert tu as attiré les plus doux
» aspects du ciel favorable ? Comment es-tu
» parvenue à cette beauté si fraîche & si
» fleurie , malgré la pauvreté appésantie sur
» tes tendres années ? Qu'il me soit main-
» tenant permis de te transplanter en sûreté,
» dans un plus heureux sol , où le soleil
» & les pluies du printems répandent leurs
» influences abondantes & fécondes : deviens
» l'orgueil & la joie de mon jardin. Est-ce
» à la fille d'Acaste, grands Dieux ! à glaner
» ainsi les restes d'une moisson que je dois à
» sa bienfaisante amitié ? lui , le père de la
» contrée ; lui , dont les trésors, toujours
» ouverts , étaient , quoiqu'abondans , peu
» de chose pour son cœur ! Rejette ce fais-
» ceau indigne de ta main ; les champs, la
» moisson, le maître , tout est à toi ; si tu
» daignes, du moins, ajouter à tous les biens
» que ta famille m'a prodigués , celui de

» tous, qui me fera le plus cher, le pouvoir
» de te rendre heureufe ».

Le berger fe tut, mais fes yeux expri-
maient le triomphe & le raviffement de fon
ame. Effor divin, au-deffus de la joie du
vulgaire, dont le principe & l'effence partaient de la vertu qu'il chériffait, de la
reconnaiffance & du plus pur des fentimens. Lavinie, fans répondre, fe laiffe
gagner par le charme iréfiftible de la bonté;
& livrée à un défordre inconnu & doux,
elle confent en rougiffant: elle court apprendre
cette heureufe nouvelle à fa mère, qui folitaire & inquiète, attendait fon retour avec
impatience. Etonnée, elle crut à peine ce
qu'elle entendait : la joie faifit fes veines
defféchées, un rayon éclatant brilla fur le
déclin de fes jours : heureufe, auffi heureufe
que ce couple fortuné, qui jouit long-tems
du bonheur le plus délicieux, & le tranfmit
à une nombreufe poftérité.

RUTH,

EGLOGUE DE M. DE FLORIAN.

LE plus faint des devoirs, celui qu'en traits de flamme
La Nature a gravé dans le fond de mon ame,
C'eft de chérir l'objet qui nous donna le jour.
Qu'il eft doux de remplir ce précepte d'amour!
Voyez ce faible enfant que le trépas menace,
Il ne fent plus fes maux quand fa mère l'embraffe:
Dans l'âge des erreurs ce jeune homme fougueux
N'a qu'elle pour ami dès qu'il eft malheureux:
Ce vieillard qui va perdre un refte de lumière,
Retrouve encor des pleurs en parlant de fa mère.
Bienfait du créateur qui daigna nous choifir
Pour première vertu notre plus doux plaifir.
Il fit plus, il voulut qu'une amitié fi pure
Fût un bien de l'amour comme de la nature;
Et que les nœuds d'hymen, en doublant nos parens,
Vinffent multiplier nos plus chers fentimens.
C'eft ainfi que de Ruth, récompenfant le zèle,
De ce pieux refpect Dieu nous donne un modèle.

Lorſqu'autre fois un juge, au nom de l'Eternel,
Gouvernait dans Maſpha les tribus d'Iſrael;
Du coupable Judas Dieu permit la ruine;
Des murs de Bethléem, chaſſés par la famine,
Noemi, ſon époux, deux fils de leur amour,
Dans les champs de Moab vont fixer leur ſéjour.
Bientôt de Noemi les fils n'ont plus de père:
Chacun d'eux prit pour femme une jeune étrangère,
Et la mort les frappa. La triſte Noemi,
Sans époux, ſans enfans, chez un people ennemi,
Tourne ſes yeux en pleurs vers ſa chère patrie;
Et prononce, en pailant, d'une voix attendrie,
Ces mots qu'elle adreſſait aux veuves de ſes fils.

Ruth, Orpha, c'en eſt fait mes beaux jours ſont finis;
Je retourne en Judas, mourir où je ſuis née.
Mon Dieu n'a pas voulu bénir votre hyménée:
Que mon Dieu ſoit béni; je vous rends votre foi;
Puiſſiez-vous être un jour plus heureuſe que moi.
Votre bonheur rendrait ma peine moins amère.
Adieu: n'oubliez pas que je fus votre mère.

Elle les preſſe alors ſur ſon cœur palpitant.
Orpha baiſſe les yeux & pleure en la quittant:
Ruth demeure avec elle: ah! laiſſez-moi vous ſuivre;
Par-tout où vous vivrez, Ruth près de vous veut vivre;
N'êtes-vous pas ma mère, en tout tems, en tout lieu?
Votre peuple eſt mon peuple, & votre Dieu mon Dieu:

La terre où vous mourrez verra finir ma vie ;
Ruth dans votre tombeau veut être enſévelie ;
Juſque la vous ſervir fera mes plus doux ſoins ,
Nous ſouffrirons enſemble , & nous ſouffrirons moins!

  Elle dit : c'eſt en vain que Noemi la preſſe
De ne point ſe charger de ſa triſte vieilleſſe ;
Ruth , toujours ſi decile à ſon moindre déſir,
Pour la première fois refuſe d'obéir.
Sa main , de Noemi ſaiſit la main tremblante ,
Elle guide & ſoutient ſa marche défaillante ,
Lui ſourit , l'encourage , & quittant ces climats ,
De l'antique Jacob va chercher les états.

  De ſon peuple chéri Dieu réparait les pertes :
Noemi de moiſſons voit les plaines couvertes.
Enfin , s'écria-t-elle , en tombant à genoux ,
Le bras de l'Eternel ne pèſe plus ſur nous.
Que ma reconnaiſſance à ſes yeux ſe déploie !
Voici les premiers pleurs que je donne à la joie.
Vous voyez Bethléem , ma fille , cet ormeau
De la tendre Rachel vous marque le tombeau.
Le front dans la pouſſière adorons en ſilence
Du Dieu de mes aïeux la bonté , la puiſſance ;
C'eſt ici qu'Abraham parlait à l'Eternel ;
Ruth baiſe avec reſpect la terre d'Iſrael.

  Bientôt de leur retour la nouvelle eſt ſemée.
A peine de ce bruit la ville eſt info née ,

Que tous vers Noemi précipitent leurs pas,
Plus d'un vieillard surpris ne la reconnait pas :
Quoi ! c'est-là Noemi ? Non, leur répondit-elle,
Ce n'est plus Noemi, ce nom veut dire belle ;
J'ai perdu ma beauté, mes fils & mon ami :
Nommez-moi malheureuse, & non plus Noemi.

Dans ce tems de Judas les nombreuses familles
Recueillaient les épis tombant sous les faucilles :
Ruth veut aller glaner : le jour à peine luit,
Qu'au champ du vieux Boos le hasard la conduit,
De Boos dont Judas respecte la sagesse ;
Vertueux sans orgueil, indulgent sans faiblesse,
Et qui, des malheureux l'amour & le soutien,
Depuis quatre-vingts ans fait tous les jours du bien.

Ruth suivait dans son champ la dernière glaneuse,
Etrangère & timide, elle se trouve heureuse
De ramasser l'épi qu'une autre a dédaigné ;
Boos qui l'apperçoit vers elle est entraîné :
Ma fille, lui dit-il, glanez près des javelles ;
Les pauvres ont des droits sur des moissons si belles.
Mais, vers ces deux palmiers suivez plutôt mes pas,
Venez des moissonneurs partager le repas ;
Le maître de ce champ par ma voix vous l'ordonne,
Ce n'est que pour donner que le Seigneur nous donne.

Il dit : Ruth à genoux de pleurs baigne sa main :
Le vieillard la conduit au champêtre festin.

Les moissonneurs charmés de ses traits, de sa grâce,
Veulent qu'au milieu d'eux elle prenne sa place ;
De leur pain, de leurs mets lui donnent la moitié ;
Et Ruth, riche des dons que lui fait l'amitié,
Songeant que Noemi languit dans la misère,
Pleure & garde son pain pour en nourrir sa mère.

Bientôt elle se lève, & retourne aux sillons ;
Boos parle à celui qui veillait aux moissons :
Fais tomber, lui dit-il, les épis autour d'elle ;
Et prends garde sur-tout que rien ne te décèle :
Il faut que sans te voir elle pense glaner,
Tandis que par nos soins elle va moissonner :
Epargne à sa pudeur trop de reconnaissance,
Et gardons le secret de notre bienfaisance.

Ce zélé serviteur se presse d'obéir ;
Par-tout aux yeux de Ruth un épi vient s'offrir.
Elle porte ses liens vers le toit solitaire
Où Noemi cachait ses pleurs & sa misère.
Elle arrive en chantant : bénissons le Seigneur,
Dit-elle, de Boos il a touché le cœur.
A glaner dans son champ ce vieillard m'encourage,
Et dit que sa moisson du pauvre est l'héritage.

De son travail alors elle montre le fruit,
Oui, lui dit Noemi, l'Éternel vous conduit ;
Il veut votre bonheur, n'en doutez point, ma fille ;
Le vertueux Boos est de notre famille,

E 5

Et nos lois ... Je ne puis vous expliquer ces mots :
Mais retournez demain dans le champ de Boos ;
Il vous demandera quel sang vous a fait naître ;
Répondez, Noemi vous le fera connaître ;
La veuve de son fils embrasse vos genoux.
Tous mes desseins, alors, seront connus de vous.
Je n'en puis dire plus ; soyez sûre d'avance
Que le sage Boos respecte l'innocence,
Et que vous voir heureuse est mon plus cher désir.
Ruth embrasse sa mère & promet d'obéir ;
Bientôt un doux sommeil vient fermer sa paupière.

Le Soleil n'avait pas commencé sa carrière,
Que Ruth est dans le champ ; les moissonneurs lassés
Dormaient près des épis autour d'eux dispersés.
Le jour commence à naître, aucun ne se réveille,
Mais aux premiers rayons de l'aurore vermeille
Parmi ses serviteurs Ruth reconnaît Boos,
D'un tranquille sommeil il goûtait le repos ;
Des gerbes soutenaient sa tête vénérable.
Ruth s'arrête, ô vieillard ! soutien du misérable,
Que l'ange du Seigneur garde tes cheveux blancs !
Dieu, pour se faire aimer doit prolonger tes ans.
Quelle sérénité se peint sur ton visage !
Comme ton cœur est pur ! ton front est sans nuage :
Tu dors, & tu parais méditer des bienfaits.
Un Songe t'offre t-il les heureux que tu fais ?

Ah ! s'il parle de moi ; de ma tendresse extrême,
Crois-le , ce songe , hélas ! est la vérité même.

Le vieillard se réveille à des accens si doux ;
Pardonnez , lui dit Ruth , j'osais prier pour vous.
Mes vœux étaient dictés par la reconnaissance,
Chérir son bienfaiteur ne peut être une offense ;
Un sentiment si pur doit-il se réprimer ?
Non , ma mère me dit que je puis vous aimer.
De Noemi dans moi reconnaissez la fille.
Est-il vrai que Boos soit de notre famille ?
Mon cœur & Noemi me l'assurent tous deux.

O Ciel ! répond Boos , ô jour trois fois heureux !
Vous êtes cette Ruth , cette aimable étrangère
Qui laissa son pays & ses Dieux pour sa mère !
Je suis de votre sang & selon notre loi
Votre époux doit trouver un successeur en moi.
Mais puis-je réclamer ce noble & saint usage ?
Je crains que mes vieux ans n'effarouchent votre âge ;
Au mien l'on aime encor ; près de vous je le sens ,
Mais peut-on jamais plaire avec des cheveux blancs ?
Dissipez la frayeur dont mon ame est saisie ;
Moïse ordonne en vain le bonheur de ma vie ;
Si je suis heureux seul, ce n'est plus un bonheur.

Ah ! que ne lisez-vous dans le fond de mon cœur ,
Lui dit Ruth , vous verriez que la loi de ma mère
Me devient en ce jour & plus douce & plus chère.

E 6

La rougeur, à ces mots, augmente fes attraits.
Boos tombe à fes pieds : je vous donne à jamais
Et ma main & ma foi ; le plus faint hyménée
Aujourd'hui va m'unir à votre deftinée.

A cette fête, hélas ! nous n'avions pas l'amour ;
Mais l'amitié fuffit pour en faire un beau jour.
Et vous, Dieu de Jacob, feul maître de ma vie ,
Je ne me plaindrai point qu'elle me foit ravie :
Je ne veux que le tems & l'efpoir, ô mon Dieu !
De laiffer Ruth heureufe en lui difant adieu.

Ruth le conduit alors dans les bras de fa mère,
Tous trois à l'éternel adreffent leur prière,
Et le plus faint des nœuds en ce jour les unit.
Judas s'en glorifie : & Dieu qui les bénit,
Aux défirs de Boos permet que tout réponde.
Belle comme Rachel, comme Lia féconde,
Son époufe eut un fils, & cet enfant fi beau ,
Des bienfaits du Seigneur eft un gage nouveau.
C'eft l'aïeul de David, Noemi le careffe :
Elle ne peut quitter ce fils de fa tendreffe ;
Et dit en le montrant fur fon fein endormi :
Vous pouvez maintenant m'appeler Noemi.

LA NUIT D'AUTOMNE,

CHANT HERSE.

PREMIÈRE HEURE.

La nuit est triste & sombre, les nuages reposent amoncelés sur les collines; la lune ne paraît point dans les cieux; pas une étoile qui brille : j'entends le bruit sourd & confus des vents dans la forêt lointaine; le torrent murmure tristement au fond du vallon; la chouette glapissante crie au haut de l'arbre qui est auprès de la tombe des morts : j'apperçois un fantôme dans la plaine, c'est l'ombre d'un guerrier qui n'est plus : elle se dissipe; elle s'est évanouie : on portera par ce chemin quelqú'un dans la tombe ; ce fantôme lui a tracé sa route.

J'entends un chien aboyer dans une cabane éloignée ; le cerf est couché sur la mousse de la montagne , sa biche repose à ses côtés : elle a entendu le vent résonner dans son bois , je la vois qui se dresse avec effroi : elle se rassure , & se recouche sur la bruyère. Le chevreuil dort dans le creux d'un rocher; la tête du coq de bruyère est cachée sous son aile. Nul animal , nul oiseau dans la plaine , que le renard & la chouette : l'une est perchée sur un arbre sans feuilles, l'autre paraît dans un nuage sur la cime du côteau.

Le voyageur triste , haletant , tremblant dans les ténèbres , a perdu sa route : il avance au travers des épines & des buissons , & suit avec inquiétude le gazouillement des ruisseaux : il craint les rochers & les marécages; il redoute les fantômes de la nuit. Le vieux arbre gémit sous l'effort des vents ; la branche tombe , retentit sur la terre , & le vent chasse devant lui les glouterons flétris & en-

chaînés enfemble : il croit entendre les pas légers d'un fantôme : il friffonne dans l'obfcurité.

La nuit eft fombre, nébuleufe, orageufe:
les vents, les fantômes, les morts font dans
la plaine. Mes amis, recevez-moi, fauvez-
moi de la nuit !

SECONDE HEURE.

Le vent s'eft élevé, la pluie defcend, l'efprit de la montagne crie, les arbres fe choquent
& tombent avec fracas ; les portes battent
contre les cabanes. L'ouragan chaffe de la
colline le cheval, la chèvre & la géniffe
mugiffante : battus de la pluie, ils tremblent
auprès du bord qui s'écroule. Le torrent fe
gonfle & roule à grand bruit fon onde écu-
mante : le voyageur fonde le gué. Entendez-
vous ce cri ? il meurt : le chaffeur s'éveille
brufquement dans fa hutte folitaire ; il ral-
lume les dernières étincelles de fon foyer :
fes dogues humides & fumans fe rangent autour de lui ; il preffe la bruyère dans les

crevasses de sa cabane : près de la porte deux torrens qui descendent de la montagne, se choquent & se mêlent en mugissant. Le berger-égaré, s'assied, triste & rêveur, sur le penchant de la colline ; il attend que la lune se lève pour le guider vers sa chaumière.

Les fantômes montent sur l'orage : on croit entendre les sons de leurs voix, grêles & faibles, dans les intervalles que laissent les bouffées de vent. La pluie a cessé : un vent sec souffle : les torrens grondent : les gouttes froides tombent du toit. Je vois le ciel semé d'étoiles ; mais la pluie s'amoncèle de nouveau : le couchant est chargé de nuages épais, ils s'avancent lentement.

La nuit est orageuse, épouvantable. Mes amis, ô mes amis ! sauvez-moi de la nuit.

TROISIÈME HEURE.

Le vent continue de mugir dans le creux des montagnes, & de siffler dans le gazon

des rochers : les fapins tombent déracinés :
la cabane de chaume eft emportée : les
nuages volent partagés au travers des cieux,
& laiffent voir par intervalles les étoiles qui
étincellent. Le météore, préfage de la mort,
voltige & brille dans l'épaiffeur des ombres ;
il s'arrête au haut de la colline ; je vois à
la clarté la fougère defféchée, le noir fommet
du rocher, le chêne renverfé ! Quel eft celui
que je vois près du torrent ? il eft enve-
loppé de vêtemens funèbres : les vagues fe
pouffent à flots preffés fur le lac , & battent
les rochers de fes bords : une barque eft fur
le côté, les lames fe balancent fur les flots :
une jeune bergère eft affife près du rocher,
& regarde triftement couler le torrent : fon
époux lui a promis de revenir à la fin du
jour. Ah ! fi c'était fa barque qu'elle voit
brifée fur le rivage ! font-ce les gémiffemens
de fon époux qu'elle entend dans le fifle-
ment des vents ?

Ecoutez comme la grêle tombe : elle ceffe,
des flocons de neige defcendent en filence

des nues : la cime des monts blanchit, les
vents fe taifent, la nuit eft inconftante &
froide. O mes amis ! fauvez-moi de la nuit.

QUATRIÈME HEURE.

La nuit eft calme & pure ; les étoiles
étincellent fur un fond d'azur ; les vents ont
fui avec les nuages ; ils s'abyment derrière
la colline : la lune eft fur le fommet de la
montagne : à fa clarté brillent les arbres,
les rochers, le lac tranquille & le torrent du
vallon.

Je vois la terre jonchée des débris des
arbres ; les gerbes de blé difperfées dans
la plaine, & le laboureur vigilant qui les
raffemble.

La nuit eft calme & belle : qui vois-je
venir du féjour des morts ? J'apperçois un
fantôme revêtu d'une robe de neige, aux
bras d'albâtre, à la noire chevelure. Ah !
c'eft la fille du vénérable Alpin, que na-
guère la mort nous enleva..... Viens,

belle ombre , viens te montrer à nos yeux :
tu faifais nos délices ; . . . . mais le fouffle
des vents chaffe devant eux le fantôme , il
perd fa forme , ce n'eft plus qu'une blancheur qui s'étend fur la colline. Un vent
frais difperfe le brouillard léger qui repofait
fur le vallon : il s'élève , il va fe réunir dans
les cieux : la nuit eft azurée, calme, étoilée :
la lune brille. Mes amis, accourez , jouiffons
de cette belle nuit.

CINQUIÈME HEURE.

La nuit eft calme , mais menaçante : la
lune eft affife fur un nuage du couchant ;
fa pâle lumière fe meut lentement le long
de la colline, qui s'obfcurcit par degrés :
on entend le bruit fourd des vagues éloignées :
le torrent murmure fur le rocher ; le coq
chante ; la nuit a paffé le milieu de fa courfe :
la ménagère s'éveille dans l'obfcurité, & va
ranimer le feu caché fous la cendre ; le
chaffeur croit que le jour approche ; il ap-

pelle ſes dogues, qui accourent & bon-
diſſent devant lui. Il monte en ſifflant la
colline; une bouffée de vent déchire les nuages,
le char étoilé du nord ſe découvre à ſa vue.
L'aurore eſt loin encore ; il ſe couche &
ſommeille ſur la mouſſe du rocher. Ecoutez
le tourbillon qui agite la forêt, & murmure
triſtement dans le vallon : c'eſt la redoutable armée des morts qui revient du haut
des airs.

La lune s'eſt tout-à-fait cachée derrière la
colline ; ſes derniers rayons en blanchiſſent
faiblement le ſommet : l'ombre des arbres
s'alonge encore : maintenant tout eſt ténèbres:
la nuit eſt noire, ſilencieuſe, épouvantable.
Mes amis, recevez-moi, ſauvez-moi de la nuit.

Mais qu'importe, au ſurplus, que les nuages
repoſent ſur les collines ; que les fantômes
voltigent dans la plaine, & faſſent friſſonner
le voyageur ; que les vents grondent dans les
forêts ; que les bruyans orages deſcendent du
ſein des tourbillons ; que les torrens mu-
giſſent ; que les météores enflammés rem-

pliſſent les airs ; que la lune pâliſſante s'élève
au-deſſus des montagnes , ou cache ſa tête
dans les nuages ; que la nuit ſoit orageuſe
ou calme , azurée ou ſombre ? bientôt la
nuit fuit devant le rayon qui part de l'orient,
& le jour rajeunit , renait du ſein des
ombres. Nous ſeuls , hélas ! nous ne reve-
nons point du ſein du tombeau. Où ſont nos
bergers des ſiècles paſſés ? où ſont-ils ? le
ſilence règne ſur leurs étroites & ſombres
demeures ; à peine leurs tombes cachées ſous
l'herbe ſubſiſtent-elles encore. Et nous auſſi,
bientôt , nous ferons oubliés ! Cette demeure
où nous chantons s'écroulera : nos deſcendans
n'en pourront trouver les ruines ; ils deman-
deront aux plus anciens vieillards : où s'éle-
vaient les murs de la demeure de nos pères?....

Mais l'obſcurité ſe diſſipe ; le fils du firmament va commencer ſa brillante courſe.
Elevons nos voix , & vidons à la ronde la
coupe de la joie, pendant que les jeunes bergers célébreront ſon retour par des danſes
légères.

L'ORAGE,

IDYLLE DE M. BLIN DE SAINMOR.

MISIS & DAPHNÉ.

MISIS.

Il est passé ce noir orage
Qui dans nos champs répandait la terreur.
Le tonnerre qui gronde, & les vents en fureur
Ne font plus de leur bruit retentir ce bocage.
   On ne voit plus de rapides éclairs,
Perçant la profondeur d'un funèbre nuage,
En longs sillons de feu, serpenter dans les airs.
Viens, Daphné, ne crains rien ; déjà dans la prairie
Le jeune Alcimédon ramène ses troupeaux :
   Déjà, sa voix fait redire aux échos
Le nom cher à son cœur, le doux nom d'Égérie.
Suis-moi, viens contempler l'astre dont le retour
Sur nos champs obscurcis répand l'éclat du jour.

DAPHNÉ.

O mon ami, que la campagne est belle !
De cette onde qui fuit que le cristal est pur,
Dans les plaines du ciel vois-tu ce bel azur ?
Sens-tu dans l'air cette fraîcheur nouvelle ?
Les rayons du soleil percent de tous côtés,
Comme il darde sur nous sa flamme étincelante,
  Entre l'obscurité tremblante
   De ces nuages écartés !
Comme l'air qui les chasse offre à nos yeux sans cesse
Un spectacle mouvant d'ombres & de clartés !
Comme un rideau léger, vois-tu fuir l'ombre épaisse
Et courir à travers ces vallons humectés ?
Vois la lumière ensuite éclairer la richesse
   De nos sillons ressuscités.

MISIS.

Qu'à mes yeux comme aux tiens la Nature est riante !
Oui, ma chère Daphné, tout charme ici les yeux :
Regarde au loin cette écharpe brillante
Dont le cercle éclatant ceint la voûte des cieux !
   Vois sur nos plaines arrosées
Cet arc resplendissant s'étendre & se courber !
   Vois ses extrémités tomber

Sur les collines opposées !

De ce vaste tableau que mon œil est flatté,

Et que de ces couleurs l'étonnant assemblage,

Du voile épais de ce nuage

Embellit bien l'obscurité !

Ah ! sans doute le ciel, par cet heureux présage,

Annonce à nos cantons épargnés par l'orage,

L'abondance, le calme, & la sérénité.

DAPHNÉ.

Quel doux parfum la terre exhale !

Que l'air est frais ! & que le ciel étale

De diverses beautés un riche assortiment !

Vois ces gouttes de pluie, en perles transformées

Mêler l'éclat du diamant

Au verdoyant éclat des plantes ranimées.

Remarques-tu ces insectes divers,

Ces papillons brillans, ces abeilles dorées,

Qui, se jouant dans le vague des airs,

Etendent au soleil leurs ailes colorées ?

Entends-tu le zéphyr soupirer dans ces fleurs ?

Comme tout reverdit dans ces vastes contrées !

Nos campagnes désaltérées

Recouvrent du printems les flateuses couleurs.

Vois ces saules mouillés étaler leur feuillage

Sur

Sur les bords du canal qui baigne ce séjour,
Comme les eaux réfléchissent l'image
De ce ciel embelli par l'éclat d'un beau jour!

MISIS.

Embrasse-moi, Daphné, quelle vive allégresse
J'éprouve en contemplant les charmes de ces lieux!
Qu'autour de moi tout m'intéresse!
Depuis l'astre fécond qui règne dans les cieux,
Jusqu'au moindre arbrisseau, tout étonne mes yeux.
Quel délire enchanteur me saisit & m'entraîne!
Quand du haut de ce mont élevé dans les airs,
Je plonge mes regards sur cette immense plaine;
Quand, mollement assis sur ces prés toujours verts,
A de moins grands objets fixant ma rêverie,
Des arbres & des fruits, des plantes & des fleurs
J'observe le parfum, le goût & les couleurs;
Et ces êtres nombreux dont la forme varie:
Enfin, lorsque des Dieux, timide adorateur,
J'admire des saisons la marche toujours sûre,
De ce dôme azuré l'éternelle structure,
Le chef-d'œuvre du Créateur,
Et les trésors de la Nature.
Alors, étonné, confondu
Par ces merveilles entassées,

F

Entre une foule de penfées ,
Mon efprit refte fufpendu :
Je m'arrête en filence , & des larmes preffées
Te rendent, Dieu puiffant , l'hommage qui t'eft dû.
Oui , les tranfports que ce tableau fait naître
D'un torrent de plaifirs m'enivrent malgré moi :
Mais , Daphné, que tu m'as fait connaître
Un charme bien plus doux ! . . . c'eft d'être aimé de toi.

DAPHNÉ.

Mifis , mon cher Mifis , l'ivreffe qui t'enflamme
Me pénètre de joie en paffant dans mon ame.

　Tous deux unis par un nœud fi touchant ,
Admirons de la nuit l'aftre clair & paifible ,
Et l'aurore naiffante , & le foleil couchant ;

　Par-tout d'un être immortel & puiffant ,
　Reconnaiffons la main vifible ;

　Qu'avec ma voix ta voix d'accord ,
Pour rendre grâce au ciel toujours fe faffe entendre :
Ah ! quel raviffement , quand un pareil tranfport
Se mêle aux doux accens de l'hymen le plus tendre !

KLEIST.

LES bergers de l'Idylle allemande n'avaient été, fous le pinceau de Neukirch & de fes prédéceffeurs, que des pâtres groffiers, bas & dégoûtans; Roft, né à Leipzig, leur rendit enfin le langage naïf, les penfées ingénues, & les fentimens purs qui font le charme de la fable bucolique; cependant le goût de l'enflure Italienne, introduit par Hofmanns-Waldau & Lohenftein, fubfiftait encore; mais Kleift, né en 1715 en Poméranie, & tué en 1759 à la bataille de Kunersdorf, lui porta la dernière atteinte; & la douce fenfibilité, l'aimable candeur de fon ame, que refpiraient fes poéfies, devinrent le caractère diftinctif de la Mufe paftorale du Nord. Comme Théocrite, il a intro-

duit dans fes Idylles des Jardiniers &
des Pêcheurs ; mais le jour intéreffant &
tranquille fous lequel il les offre toujours ,
même dans l'état de médiocrité , fauve
la rudeffe de leur condition pénible.

C É P H I S,

I D Y L L E   D E   K L E I S T.

Je te falue, Philinte, je te falue ; béni
foit le jour qui te rends à mes vœux ! Combien de tems s'eft écoulé depuis que je ne
t'ai vu ? Depuis ce jour, la vieilleffe a
jeté fur ta tête une neige encore plus épaiffe :
viens avec moi te récréer dans mon verger ;
viens, cette treille nous invite ; ce figuier
nous invite auffi : leurs fruits, que la faifon
vient de mûrir, ferviront à te rafraîchir &
à foutenir tes forces. Ainfi parla Céphis,
un jour que Philinte le vint trouver dans
fon jardin. Ils s'avançèrent vers le figuier :
le bon vieillard infirme fe rafraîchit, & loua
l'arbre & les fruits. Cet arbre eft déformais
à toi, cher Philinte, lui dit Céphis ; c'eft pour
toi feul que je prendrai maintenant le foin de

F 3

le couvrir, lorsque le froid resserrera la terre: c'est pour toi qu'on le verra fleurir dans ce verger & porter des fruits savoureux. Mais peu de tems après Philinte mourut, & l'arbre ne porta plus pour lui de fruits favoureux.... Céphis pleura fon ami ; il défira de mourir comme lui , pauvre & vertueux. Cependant il le dépofa fous le figuier, & lui éleva tout auprès un monument fimple & ruftique , autour duquel il planta des rofes & des cyprès.

Souvent , depuis, au clair de la lune , il entendit un doux frémiffement dans le feuillage de l'arbre ; un léger fifflement s'élevait de la tombe, comme pour le remercier ; des fruits & des raifins en abondance , naiffaient pour lui chaque année. La bénédiction du ciel accompagne toujours la bienfaifance.

LA BIENFAISANCE,

IDYLLE DE BERQUIN.

Pour réchauffer les glaces de fon âge,
Aux feux naiſſans du jour, devant ſon toit aſſis,
Lycas vit près de lui, Mirtil ſon petit-fils.
Mirtil comptait déjà le dixième feuillage,

 Et du vieillard les regards attendris
Parmi ſes traits naïfs retrouvaient ſon image.
Il le prit dans ſes bras, & lui parlant des Dieux,
De ſon petit troupeau, des jeux de ſon enfance;
Des plaiſirs qu'aux bons cœurs donne la bienfaiſance;
Il vit à ce diſcours des pleurs baigner ſes yeux.
Tu pleures, lui dit-il, ce que tu viens d'entendre,
Juſqu'a ce point, mon fils, n'émeut pas ſeul ton cœur?
Non, il eſt agité d'un ſentiment plus tendre,
Laiſſe-m'en, avec toi, partager la douceur.....

 Mirtil voulait ſécher ſes larmes,
Elles coulaient toujours... mon père! ah! je ſens bien.

 Oui, je le ſens, rien n'eſt ſi plein de charmes,
 Que de pouvoir faire du bien.

Mais pourquoi donc, Mirtil, détournes-tu la vue ?

    Tes pleurs redoublent..... Autrefois,

Tu m'aurais laissé lire en ton ame ingénue ;

    Tu ne m'aimes plus, je le vois.....

    Qui, moi, ne plus t'aimer ! le croirais-tu, mon père ?

Eh ! bien, tu sauras tout, je vais te l'avouer.

Si je le fais, au moins, ce n'est que pour te plaire.

Tu me l'as dit souvent, du bien qu'on a pu faire

On doit être jaloux de s'entendre louer.

Ma plus jeune brebis, hier, pendant l'orage,

    S'était perdue au fond du bois.

J'allais pour la chercher : d'une roche sauvage,

J'entends de loin sortir une tremblante voix.

Je m'approche ; c'était un vieillard de ton âge ;

Il portait sur son dos un fardeau bien pesant,

    Qu'il fit glisser à terre en soupirant.

Quel sort cruel, dit-il, après un court silence !

— N'aurai-je donc jamais un moment de repos !

Faut-il, quand l'homme oisif nage dans l'abondance,

D'un vil pain de douleur voir payer mes travaux ?

Aux ardeurs du midi sur la terre embrasée,

    Errant accablé de ce faix,

    Je trouve, enfin, je trouve ce lieu frais.

Mais rien pour réparer ma vigueur épuisée,

Mon toit est loin encor, & fût-il proche, hélas !

Mes genoux chancelans sous le poids qui m'accable,

Ne sauraient plus me traîner à cent pas.

Pourtant contre les Dieux je ne murmure pas ;

Ils m'ont tendu toujours une main secourable.

Il dit, & sur son faix il s'étend ; moi, soudain,

 Je vole ici : sans rien dire à ma mère,

Je prends des fruits nouveaux, du lait frais & du pain,

  Et cours soulager sa misère.

Il repusait. Sans bruit, j'entre sous le rocher ;

Je pose auprès de lui ma coupe & ma corbeille,

Et, parmi des buissons, je m'en vais me cacher.

  Une heure passe ; il se réveille.

Que le sommeil, dit-il, est un Dieu bienfaisant !

Le soir s'avance, allons, quittons cette retraite.

Et reprenant son faix : Dioux ! comme il est pesant !

Mais, n'a-t-il pas servi pour reposer ma tête ?

Peut-être que les Dieux voudront guider mes pas,

Je puis dans ces déserts trouver une chaumière.

A ses côtés, alors, il voit ma panetière,

  Et son fardeau retombe de ses bras.

Malheureux que je suis ! quel est ce vain mensonge

  Qui m'égare dans mon sommeil ?

  Je rêve encor. A mon réveil

Tout va fuir : mais non, non ; ce n'est point un songe.

Il prend du lait, des fruits : ô mortel généreux,

Qui te plais à cacher ta noble bienfaisance !

Reçois le doux transport de ma reconnaissance.

      F 5

Que ne puis-je te voir , & t'embraſſer ; grands Dieux !
Sur lui , ſur tous les ſiens répandez l'abondance.
Je ſuis raſſaſié , mais j'emporte ces fruits.
Je veux que mes enfans , ma femme s'en nourriſſent ,
Qu'en une voix ce ſoir , tous nos cœurs réunis ,
Chantent mon bienfaiteur , le chantent , le béniſſent.
Il ſe lève à ces mots ; prompt à le dévancer ,
A travers les buiſſons je cours dans la prairie ,
Et m'aſſieds en un lieu qu'il devait traverſer.
Il m'apperçoit. Mon fils , viens , dis-moi , je te prie ,

  Aurais-tu vu quelqu'un paſſer ?

Non, dis-je, bon vieillard; mais d'où viens-tu ? ſans doute

  Tu t'es égaré dans ta route.

Oui , mon ami , j'allais au village prochain.
Etranger dans ces lieux je ne les puis connaître.
Je croyais par ce bois abréger mon chemin ;
Mais il eſt ſi déſert , que ſans un Dieu , peut-être ,
J'y ſerais déjà mort & de ſoif , & de faim.
Eh ! bien , à ce village , allons , que je te mène ,
Lui dis je , ſur mon bras appuie un peu ta main ,

  Pour me ſuivre avec moins de peine.

Si j'étais aſſez fort je prendrais ton fardeau ;
Et je le conduiſis juſqu'au prochain hameau.
Tu l'as voulu ſavoir , eh bien , voilà mon père ,
Ce qui de joie encor me fait tout treſſaillir,

  Ce que j'ai fait ne coûtait rien à faire ,

Si tu favais pourtant combien j'ai de plaifir
D'avoir de ce pauvre homme adouci la misère !
Si je fuis fi content pour fi peu, Dieux ! combien
Doit être heureux celui qui fait beaucoup de bien !

Le fort peut maintenant me ravir la lumière,
Dit Lycas, fur fon cœur preffant fon petit-fils;

Lorfque mes jours feront finis,
La bienfaifance encor vivra dans ma chaumière !

PHILÈTE,

IDYLLE DE KLEIST.

PENDANT une belle foirée, Philète, accompagné de fon fils, monta dans fa barque, & côtoyant la mer, alla jeter fes filets dans les rofeaux qui bordaient le rivage de plufieurs petites îles. Déjà le foleil, fur fon déclin, commençait à fe plonger dans la mer, & l'onde & le ciel paraiffaient tout en feux.

Que cette région eft belle ! s'écria le jeune enfant, inftruit par Philète à fentir les beautés de la nature. Vois, dit-il, vois ce cygne, entouré de fes petits, comme il fe plonge dans les reflets rougeâtres que forme le ciel embrafé ! vois comme il vogue en déployant les voiles de fes ailes ! vois comme il trace dans les eaux des fillons de pourpre....

Quel plaisir d'entendre frémir les feuilles trem‑
blantes des peupliers dont ce rivage est bordé !
Quel charme de voir flotter en onde ver‑
doyante, ces moissons agitées par les zéphyrs !
Quels parfums exhalent maintenant ce rivage,
cette mer & ce ciel ! Que tout ce qui nous
environne est beau ! Que la nature nous
rend heureux & contens !

Oui, dit Philète, la nature nous rend
heureux & contens ; & te rendra toujours
tel, si tu conserve la droiture du cœur, si
la fougue des passions n'étouffe pas en toi le
sentiment de ses beautés. O mon fils ! bientôt
je te quitterai ; .... bientôt j'abandonnerai
ces belles contrées, pour aller recevoir dans
des régions plus belles encore, la récom‑
pense d'une vie pure.... Ah ! demeure tou‑
jours fidelle à la vertu ! pleure avec l'affligé,
& donne de tes provisions à l'indigent : con‑
tribue, autant qu'il est en ton pouvoir, au
bien‑être de tes semblables : sois laborieux ;
élève ton esprit vers le maître de la nature,
vers celui à qui les vents & les mers obéis‑

fent ; qui régit tout pour le bien de l'univers : choifis plutôt la mort que l'aviliffe-
ment du crime ; méprife la richeffe , elle·
n'eft qu'une chimère : un cœur pur , mon
ami , un cœur pur , & un efprit tranquille,
voilà notre plus beau partage. . . . c'eft en
penfant ainfi , ô mon fils , que j'ai vu mes
cheveux blanchir au milieu de la joie ; &.
quoique j'aie déjà vu fleurir quatre-vingt fois
le bocage qui entoure notre cabane , cependant mes nombreufes années fe font écoulées,
comme un jour ferein du printems, . . . J'ai·
effuyé , il eft vrai , quelques revers , quand
l'aîné de mes fils , ton père , expira dans·
mes bras ; mes yeux verfèrent un torrent de
larmes ; le foleil me parut moins éclatant ;
j'étais infenfible aux beautés de la nature. . . .
Souvent auffi la tempête m'a furpris dans
ma frêle barque , elle me lançait avec les
flots au milieu des airs , d'où je retombais
avec fracas dans les précipices de l'onde ; je
croyais à chaque inftant y trouver le tombeau ; mais le ciel , protecteur de l'homme

jufte, veillait à ma confervation : bientôt la
fureur des vents s'appaifait, l'air s'éclaircif-
fait, & l'onde calmée, me montrait de nou--
veau l'image tranquille du foleil : bientôt
l'efturgeon, aux yeux rouges, paraiffait à
travers l'algue marine, & une multitude·
d'habitans de la vafte mer fe jouaient à fa
fuiface. Le calme & la joie rentraient dans·
mon cœur. . ... Maintenant le tombeau m'at--
tend ; je ne le crains point ; le foir de ma·
vie. eft auffi beau, que l'ont été le matin·
& le midi. . . . O mon fils ! fois bon, fois
veitueux, & tu feras heureux comme moi,
la nature aura fans ceffe des charmes pour
toi.

Le jeune homme attendri, fe pencha fur·
le fein de Philète, & lui dit : non, mon·
père, non, tu ne mourras point encore!
tu as encore du bien à faire fur la terre ;
le ciel te confeivera pour être mon foutien;
& bien des larmes coulèrent de fes yeux....
Pendant ce tems, le zéphyr enflait la
voile, & leur barque aborda au moment

où la nuit fortant du fein de la mer commençait à déployer fes ailes.

Philète mourut bientôt ; le tems de la récompenfe était venu : le jeune Nicétas le pleura ; il le pleurait encore devant fes fils : jamais cette foirée ne lui fortit de l'efprit. Un doux treffaillement le faififfait , quand l'image du refpectable vieillard fe préfentait à fon ame. Le ciel répandit fa bénédiction fur fes travaux ; il vécut long-tems , & fa vie ne lui parut auffi qu'un jour ferein du printems.

L'ENFANT BIEN CORRIGÉ,

IDYLLE DE M. L'ABBÉ LE MONNIER.

LE pauvre Nicolas, tout courbé fous le poids
D'un énorme fagot, s'en revenait du bois,
Un foir beaucoup plus tard qu'il n'avait de coutume.
En marchant il difait d'un ton plein d'amertume :
La bonne Marguerite eft bien trifte à préfent ;
  Elle s'inquiète ; elle pleure . . . .
    Chaque moment
  Lui paraît long, long comme une heure.
Antoine eft trifte auffi, c'eft un fi bon enfant !
   C'eft tout le portrait de fa mère ;
   Si les Dieux nous aident, j'efpère
   Qu'il fera tendre & bienfaifant ;
Cet efpoir eft bien doux ! mais voici que j'approche !
Ils feront confolés quand ils me reverront ;
Comme ils feront joyeux ! comme ils m'embrafferont !
   S'ils me faifaient quelque reproche,
Je leur dirai pourquoi j'ai tardé fi long-tems ;
Au lieu de m'en vouloir, ils feront bien contens.

Tout en raisonnant de la sorte,

Nicolas arrive à sa porte ;

Il entre, il voit sa femme assise auprès du lit ;

Sur la traverse de la chaise

Sa tête est renversée, elle pleure & gémit ;

Son fils est à genoux, il tient, il presse, il baise

Sa main, qu'elle paraît vouloir lui retirer.

Cessez, dit Nicolas, cessez de soupirer ;

Me voilà, bien portant ;... est-ce ainsi qu'on m'embrasse ?

Vous ne me dites rien . . . mon fils, tu ne viens pas

Te jeter dans mes bras ?

Une caresse me délasse :

Tu le sais bien, viens donc, ils veulent me punir.

Ne boudez plus, tenez, mettez-vous à ma place ;

Voyez si je pouvais plutôt m'en revenir :

J'avais fait mon fagot, je sortais du bocage,

Il n'était pas encor absolument bien tard,

Quand j'y vois arriver un malheureux vieillard ;

Il est, je crois, de ce village,

Que par notre fenêtre on apperçoit là-bas,

Il se traînait avec peine. A voir votre démarche,

Lui dis-je, patriarche,

Vous semblez déjà las ;

Il me répond par un hélas !

Qui me fait grand pitié, vite je prends ma hache,

Et lui coupe un fagot, je ne le prends pas gros :

Il ne l'eût pas porté ; de deux harts je l'attache
   Et le mets fur fon dos.

  Il me remercie & me quitte ;

Je veux doubler le pas pour arriver plus vîte :

   Le neige tient à mes fabots ,.

Et m'empêche. . . . Mais quoi , ma chère Marguerite ,

  Encor des foupirs ! encor des fanglots !

Tu ne pardonnes point ? tu ne m'aime donc guère !

Je ne l'aurais pas cru. . . Marguerite , à ces mots ,

Le prenant par la main , lui dit : malheureux père !

Pourrais-tu défirer d'être aimé de la mère

   Du fils le plus méchant ?

—— Antoine , méchant ! lui ! non , non , fon caractère

Eft bon , je le connais , il eft encor enfant ;

Il aime à folâtrer , c'eft le droit de fon âge :

  Mais laiffe faire , en grandiffant

   Il fera bon & fage.

——Dis plutôt cruel ! ——Non je te le promets pour lui;

Antoine , tu devrais le promettre toi-même.

Mais , approche , dis-moi , qu'as-tu fait aujourd'hui

Pour la fâcher ? répond , puifque je le demande. . .

Vous vous cachez,mon fils, la faute eft donc bien grande !

—— Très-grande , mon ami , mais il en eft honteux ;

C'eft bon figne.——Dis-moi ce que c'eft. —Tu le veux?.,,

  Tu feras fâché de l'entendre :

Mais.enfin, tu le veux, tu le fauras ; le foir ,

Comme il m'ennuyait de t'attendre,

J'ouvrais de tems en tems la porte , & j'allais voir

Si tu venais ; une fauvette

Entre avec moi dans la maifon ,

Puis fe blottit fur la couchette.

Elle grelotait : la faifon

Eft pour cela bien affez dure.

Je la réchauffais dans mon fein ,

De mon haleine & fous ma main ;

Lorfque je vis entrer la fille de Couture ;

La petite Babet , la pauvre créature ,

En tombant fur des échalas

Dans fa vigne , ici près , s'eft déchiré le bras,

Elle pleurait , & fa bleffure

Saignait beaucoup ; ce n'eft pas moi

Qu'elle demandait , c'était toi ;

Voyant que tu tardais , & qu'elle était preffée ;

Comme j'ai pu je l'ai panfée ;

Pour la panfer , j'ai pris

Le baume du pot gris :

Eft-ce bien celui-là ? me ferais-je trompée ?

—— C'eft bon ; après.—— Tandis que j'étais occupée

A tout cela , ton fils , à qui j'avais donné

La fauvette à tenir , dans un coin s'eft tourné ;

Et puis... ——Acheve donc. —— Et puis il l'a plumée

—— Quoi , plumée ! —— Oui , par-tout le corps,

Hors les ailes pourtant , la porte était fermée ,
Il a bien fu l'ouvrir pour la mettre dehors.

    Elle a volé la malheureufe !

    Elle volait en gémiffant ;

    J'entendais fa voix douloureufe

Qui me faignait le cœur.... nous aurons un méchant !
Juge ce qu'il fera , s'il devient jamais grand !
Voilà , mon bon ami , ce qui me défefpère :
Aurais-tu fait cela quand tu n'étais qu'enfant ?

    Moi, qui difais à tout inftant :

Mon cher Antoine aura la bonté de fon père !
Auffi , je l'aimais trop ;... que Dieu m'en punit bien !...

   ——— Va , va , confole-toi , ma chère ,

   Sèche tes pleurs & ne crains rien :

    Il eft là-haut une juftice,

   Aux bons parens toujours propice !

S'il doit être méchant , les Dieux nous l'ôteront ;

    Non jamais ils ne permettront ....

Approche-toi , mon fils , viens , viens que je t'embraffe ;
Que je t'embraffe , hélas ! pour la dernière fois.
Tu fais bien de pleurer, je pleure auffi , tu vois !
Mets ta main fur mon cœur , tiens , c'était là ta place :
Car je t'aimais , Antoine , & c'était mon bonheur ;
Je ne t'aimerai plus ... oh ! fi fait , j'ai beau dire ;
Je t'aimerai toujours , ce fera ma douleur.
Ciel ! j'aimerai donc un... j'ai peur de te maudire....

Il faut les ramasser , les plumes de l'oiseau ;

  Et les pendre à ce soliveau.

   Ramasse-les , ma femme :

Quand nous l'aimerons trop, nous les regarderons.;

  En les regardant nous dirons :

Il ne faut point aimer une aussi méchante ame.

Ce pauvre oiseau , mon fils , (reste sur mes genoux ;)

Ce pauvre oiseau , crois-tu que la seule froidure

   L'ait amené chez nous ?

  Non , c'est l'auteur de la Nature

   Qui le mettait entre nos mains ;

C'était nous ordonner de lui sauver la vie :

Il prend soin des oiseaux tout comme des humains..?

Et vous l'avez plumé !... S'il me prenait envie

De vous envoyer nud passer la nuit au froid !

  Vous m'en avez donné le droit :

  Vous n'auriez point à vous en plaindre.

Mais je serais méchant , je vous ressemblerais ,

  Et plus que vous j'en souffrirais . . . .

Ne tremble point , mon fils , va , tu n'as rien à craindre ,

Car je sens que je t'aime & t'aimerai toujours.

  J'espérais que dans la vieillesse

  De ta mère & de moi tu serais le secours ;

   Et tu veux abréger nos jours

   Par les chagrins & la tristesse !

—— Ah ! maman ; ah ! papa ; baisez-moi de bon cœur :

Non, vous ne mourrez pas de chagrin, de douleur.

  Tout le bien que je pourrai faire,

  Je vous promets, je le ferai ;

  Je ferai bon, je vous ressemblerai.....

   Aisément un père, une mère

Se laissent attendrir, Antoine eut son pardon ;

  Il tint sa promesse, il fut bon ;

  Il fut si vertueux, si sage,

  Qu'on le montrait dans le canton

  A tous les enfans de son âge.

Un jour qu'il regardait tristement au plancher,

La mère qui le vit alla prendre une échelle :

  Monte, mon fils, monte, dit-elle,

  Et va promptement détacher

Les plumes de l'oiseau, c'est-là ce qui t'afflige.

  Jette-les au feu, ne crains rien :

   Ton père le veut bien.

Tu le veux ? n'est-ce pas ?——Oui.——Jette-les, te dis-je:

  Et qu'il ne reste aucun vestige....

  —— Non, maman, je les garderai ;

  A mes enfans, quand j'en aurai,

  En pleurant, je les montrerai.

SCHMIDT.

LA Muse bucolique des Allemands
n'avait été que naive & gracieuse sous
Rost ; Kleist lui avait donné un caractère
sentimental dont il avait pris le modèle
dans l'aimable candeur du sien ; Schmidt,
né dans la Basse Saxe , ajouta à ces
traits caractéristiques , le ton grave ,
religieux & touchant des adorateurs
heureux , des fils chéris du père des
êtres ; il prit tous ses sujets dans l'écri-
ture sainte , & par la manière dont il
sut les traiter prouva que l'histoire des
patriarches était un des meilleurs modèles
à étudier pour les poëtes bucoliques. Ses
vers manquent , il est vrai, d'harmonie;
mais , nul , l'immortel Gessner lui-même,
ne l'emporte sur lui dans l'art de peindre
la nature , de faire ressortir les côtés
avantageux

avantageux du cœur humain en épaiſ-
ſiſſant les ombres du clair-obſcur ſur ceux
qui conſtituent ſon imperfection, & de
placer le ſublime à côté de la naïveté,
ſans altérer ni affaiblir la manière d'être
ſimple des perſonnages du poème paſtoral.

DÉDAN et ILMITH,

IDYLLE DE SCHMIDT.

Au fond d'un bois solitaire, dans la contrée de Bersaba, Dédan, gardien de ses troupeaux, s'assit avec sa chère Ilmith sur le gazon, près d'une fontaine, dont le murmure se faisait à peine entendre. De hauts cyprès, & un chêne antique, interceptant la lumière du jour, étendaient une sombre voûte sur la fontaine, & leur ombrage inspirait la plus douce mélancolie. J'aime ces lieux, s'écria Dédan ; regarde, ma chère Ilmith, porte tes yeux dans ce lointain..... Comme ce lierre rampe à l'entour de ce rocher suspendu ! Ah ! quelle fraîcheur on goûte dans ce séjour ! ....

Le silence & l'obscurité qui règnent dans ces bois, répond Ilmith, en serrant la main du

berger , conviennent parfaitement à la fitua-
tion de mon ame : l'émail des prairies de
mon père n'a plus d'attraits pour moi , depuis
que ma chère Zipha n'eſt plus. O Zipha,
gage d'une éternelle tendreſſe ! . . . . . elle s'eſt
flétrie comme la roſe qui n'a point vu le
midi , &. . . . . tous mes plaiſirs ſont morts
avec elle.

Ilmith, répliqua le berger , en la prenant
dans ſes bras, & la preſſant tendrement contre
ſon ſein ; ma chère Ilmith , ceſſe de verſer
des larmes ſur le ſort de notre fille ; c'eſt
un ange qui brille maintenant dans des campagnes bien plus délicieuſes que ne l'était le
délicieux Eden : oui , elle y brille , & voit
ſous ſes pieds une multitude de cieux. Oublie
déſormais l'enveloppe mortelle qui cachait ſa
belle ame : qu'eſt-ce, ô mon amie, qu'eſt-ce
que le ſoleil , en comparaiſon d'une goutte
de cette lumière dont les bienheureux s'a-
breuvent dans le ſein de Dieu ? *Ilmith.*——
Ah ! je cède malgré moi à l'impreſſion du
ſentiment qui m'agite. . . . Le créateur , lui

qui a versé tant de tendresse & d'amour au fond de mon cœur maternel, ne s'offensera point de mes larmes. Tu t'en souviens, ô Dédan, avec quel transport, de quel air plein d'innocence elle nous souriait! lorsque, la balançant sur mes genoux, je l'excitais à rire à force de baisers; lorsque.... *Dédan.*——Hélas! il n'est que trop vrai. . . . Mais, ma chère Ilmith!.... *Ilmith.*——Et lorsqu'en sons, encore mal formés, elle t'appelait son père.... *Dédan.*——O tendre souvenir! ô ma chère Ilmith! que j'aime, ah! que j'aime les sentimens dont ta belle ame est pénétrée. . . . ' A ces mots Dédan l'embrasse tendrement, en cachant ses joues mâles dans son sein, & que les sanglots faisaient palpiter. . . . Mais non, ajouta-t-il, en se relevant; n'offensons pas le Seigneur par des larmes trop amères. . . . Sais-tu, ma chère Ilmith, qu'il n'est pas permis de se livrer à la douleur en ce lieu, à l'aspect de cette fontaine. Ah! ne profanons point cette fontaine par nos larmes; que notre cœur soit plein de senti-

ment, mais non pas de faibleſſe ! *Ilmith.*——
Eh bien, cette fontaine ! . . . . *Dédan.*——
Je vais t'en raconter l'hiſtoire, ma chère
Ilmith ; puiſſe-t-elle diſſiper ton chagrin !
Ecoute l'hiſtoire de la fontaine ſacrée : c'eſt
ainſi que Juſkan, mon père, me l'a chant⁴e,
lorſque j'étais encore tout jeune, & qu'il
voulait élever mon ame au ſentiment de la
Divinité.

L'Aurore étendait ſon vêtement de pourpre
ſur les champs immenſes des cieux, lorſqu'une
mère, une mère infortunée, portant un enfant
ſur ſon dos, arriva dans ce lieu ſolitaire ;
égarée, éperdue, elle ſe tordait les mains ;
car elle avait été délaiſſée. Elle avait été
délaiſſée : un pain & un vaſe plein d'eau,
étaient toutes les richeſſes que ſon bien-aimé
lui avait données, lorſqu'un deſtin cruel la
ſépara de lui. L'eau de ſon flacon fut bientôt épuiſée, & alors il ne jailliſſait encore
aucune ſource dans ce lieu. Cependant Agar,
c'était le nom de cette mère malheureuſe,
poſa triſtement ſous ce chêne ſolitaire ſon fils

endormi, le charmant Ismael ; & comme en s'éveillant il demanda de l'eau à grands cris, elle s'en alla, & se précipita sur le gazon : Non, dit-elle, je ne verrai point la mort douloureuse de mon fils ! Non !.... Elle était étendue le visage contre terre, muette, versant un torrent de larmes, qui tombant sur le trèfle & sur des plantes balsamiques, brillaient comme de l'argent fluide. Elle resta deux heures entières étendue dans cette posture.... désolée,.... délaissée,... elle croyait mourir ; mais un Ange envoyé par le Très-Haut, descendit tout-à-coup, & fut témoin de ce spectacle déplorable. Alors, son souffle fomenta les larmes de l'infortunée Agar; elles se réunirent & formèrent une fontaine. Au premier murmure de la source, Agar, effrayée & surprise, leva la tête avec précipitation : mais l'Ange du Seigneur qui se tenait invisiblement à ses côtés, lui dit d'une voix douce : Agar, Agar, ne crains rien ! Dieu a entendu la voix plaintive de ton fils : lève-toi, prend ton enfant, & conduis-le par la main : de lui fortira une grande nation. Agar fe leva , & courut à la fource ; elle remplit fon vafe , & abreuva fon fils, qui , étant devenu grand, fut un homme puiffant & célébre.

Ainfi chanta Dédan ; Ilmith verfa des larmes de joie , & lava fon beau vifage dans la fontaine facrée , puis elle defcendit plus gaie dans le vallon avec fon époux : là elle raconta aux bergers & aux jeunes bergères ce que Dédan avait chanté dans l'épaiffe forêt , où l'ombre funèbre des cyprès excite à la mélancolie.

LA TENDRESSE FILIALE,

IDYLLE DE BERQUIN.

MIRTIL & CHLOÉ.

Le jeune enfant Mirtil, un jour dans la prairie,
Trouva sa jeune sœur. La jonquille & le thym
Se mêlaient sous ses doigts, à l'épine fleurie,
Et des pleurs, cependant, s'échappaient sur son sein.

    Ah ! te voilà, Chloé, lui dit son frère ;
Pour qui viens-tu former ces guirlandes de fleurs ?

    Mais, qu'as-tu donc ? qui fait couler tes pleurs ?
Tu penses, je le vois, à notre pauvre père.

CHLOÉ.

Hélas ! Mirtil, son mal le tourmente si fort !
Il s'agite, il se frappe.

MIRTIL.

Il appelle la mort.
Moi, qu'il ne vit jamais sans me sourire,
J'ai voulu l'embrasser; ma sœur, dans son délire,
Il m'a rejeté de ses bras,
Il ne me connaît plus, & sans ma mère, hélas! -
Je crois qu'il allait me maudire.

CHLOÉ.

O Ciel! un si bon père! il jouait avec moi;-
Lorsque ce mal cruel vint attaquer sa vie,
J'étais sur ses genoux; d'une voix affaiblie,
Ma fille, me dit-il, ma fille, lève-toi;
Je me sens mal, très-mal, une sueur soudaine
Couvrit son visage, il pâlit;
Il me remit à terre; & faible, sans haleine,
Malgré tous mes secours, il eut bien de la peine
A traîner ses pas vers son lit.

MIRTIL.

Mon père, hélas! du mal qui te dévore,
Te verrons-nous long-tems souffrir?
A peine ai-je sept ans, je suis bien jeune encore;
Mais, si tu meurs, je veux mourir aussi.

G 5

CHLOÉ.

Non, il ne mourra point, mon frère, je t'assure.
Nos parens, mille fois, nous ont dit que les Dieux
  Aimaient les vœux d'une ame pure.
A Pan, Dieu des bergers, je vais porter mes vœux.
Je lui porte ces fleurs, oui, d'un regard propice.
Il verra son autel embelli par ma main ;
  Et vois-tu là mon oiseau, mon serin,
Je veux encor au Dieu l'offrir en sacrifice.

MIRTIL.

Attends-moi donc, ma sœur, je reviens à l'instant ;
Je vais des plus beaux fruits remplir ma panetière ;
Et le petit lapin que m'a donné ma mère,
  Je veux aussi l'immoler au Dieu Pan.
Il courut & bientôt il revint auprès d'elle,
  Tous deux alors, en se donnant la main,
  Tournent leurs pas vers le côteau prochain.
Ils y trouvent le Dieu sous la voûte éternelle
  D'un vaste & ténébreux sapin.
Là, s'étant prosternés aux pieds de sa statue,
Ils adressent au Dieu leur prière ingénue.

CHLOÉ.

O Pan ! nous t'implorons , daigne nous fecourir.
Toi , qui fais tout , tu fais que notre père
Eft depuis bien des jours en danger de mourir.
Je n'ai pas , Dieu puiffant , de grands dons à te faire ;
Ces fleurs font tout mon bien , je viens te les offrir.

    Vois , à tes pieds je pofe ma guirlande.

    J'aurais voulu , fi j'euffe été plus grande ,
En couronner ton front , en orner tes cheveux ,
Mais je n'y puis atteindre ; accepte cette offrande ,
Et rends, Dieu des bergers , rends un père à nos vœux.

MIRTIL

    Qu'avons-nous fait , hélas ! pour te déplaire ?
    Car , en frappant notre malheureux père ,
    Je le vois bien , c'eft nous que tu punis.
Pour t'appaifer , ô Pan ! je t'apporte ces fruits :
    Laiffe à nos vœux défarmer ta colere.
Tout ce que nous avons , nous le tenons de toi.
Je t'aurais immolé ma chèvre la plus belle ;
    Mais elle eft plus forte que moi.
Quand je ferai plus grand , je t'en donne ma foi ;
    Je t'en offrirai deux à la faifon nouvelle.

CHLOÉ.

Tiens, voici mon oiseau, vois, pour me consoler,
Les tendres amitiés qu'il s'empresse à me faire.
Sur mon cou, sur mon sein, regarde-le voler.
    Eh bien, je vais... je vais te l'immoler,
      Pour que tu sauves notre père.

MIRTIL.

Tourne aussi tes regards sur mon petit lapin;
Vois, je l'appelle, il vient. Il croit qu'à l'ordinaire
Je voudrais lui donner à manger dans ma main;
    Mais non, je vais te l'immoler soudain,
      Pour que tu sauves notre père.
Ses petits bras tremblans l'allaient déjà saisir,
      Sa sœur l'imitait en silence;
    Lorsqu'une voix... « Aux vœux de l'innocence
      » Les Dieux se laissent attendrir.
» Non, ils n'exigent point ces cruels sacrifices;
» Gardez, mes chers amis, ce qui fait vos délices;
» Votre père n'est plus en danger de mourir. »
La santé, dès ce jour, fut rendue à Pelage;
Sauvé par ses enfans, ce jour même avec eux,
Au Dieu conservateur il courut rendre hommage.
Il vit ses petits-fils peupler son héritage,
Et de ses petit-fils vit encor les neveux.

W I E L L A N D.

CE poëte, né en 1732, à Bibérac en Souabe, fit quelques ouvrages didactiques, qui eurent du fuccès, & excella dans les genres du conte & de la paftorale : le mérite diftinctif de fes Idylles eft une grande fraîcheur de coloris, & un fond de philofophie qui leur donne le précieux avantage de former le jugement, en même tems qu'elles plaifent à l'efprit & intéreffent le cœur. L'intention de l'Idylle fuivante, eft d'infpirer une efpèce de fentiment de fraternité envers tous les êtres fenfibles. Il ne paraît pas que les Français aient jamais réfléchi fur ce fentiment ; les Allemands, eux-mêmes, femblent ne l'avoir fanctionné & propagé que par une tendance confufe au bien ;

mais les Anglais en ont éclairé toute l'importance, & en ont fait un devoir de rigueur : *oui*, dit un de leurs moralistes, *l'inhumanité envers les animaux est une espèce de sacrilége ; ils vivent, ils ont du sentiment, ils sont reconnaissans ; on doit apprendre aux enfans à l'avoir en horreur : le premier, le plus essentiel devoir des parens est de leur inculquer les préceptes de l'humanité ; c'est elle qui prépare à tous les tendres sentimens, c'est elle qui ouvre l'ame aux saints devoirs de la morale & de la religion. . . . .*

LES ALOUETTES,

IDYLLE DE WIELLAND.

ALEXIS était venu à Athènes offrir aux
autels d'Hyggie un agneau & fa mûe :
Chloë, feul & précieux fruit d'un hymen.
qui avait été fucceffivement l'objet de fes.
vœux, fon bonheur & fa douleur ; Chloë ,.
fa confolation, l'efpérance de fon hiver, fa.
Chloë touchait à fon heure fatale.

Pendant que les deffervans du temple faifaient fumer l'encens préfenté par les favoris.
de Plutus ; que le fang des taureaux aux
cornes dorées, au front couronné de riches.
guirlandes, coulait dans de vaftes patères
d'airain artiftement cifelés , & que la timide.
médiocrité attendait fous les portiques exté-
rieurs, que quelque Sacrificateur fubalterne.

vínt d'un air dédaigneux recevoir fes mo
diques offrandes , la chèvre de la veuve ,
l'agneau de l'orphelin ; Alexis fut par-
courir les monumens de la ville de Minerve,
les théâtres , les cirques , la tribune aux ha-
rangues & ce Pyrée , defpote redouté des
mers. Il connaiffait l'exiftence des cités ; un
vieux berger , qui y avait été le jouet des
paffions , l'en avait fouvent entretenu ; mais
l'afpeét de cette exiftence, dont le récit n'avait
fait fur lui que l'impreffion vague & paffagère
des fonges légers du matin, le fpeétacle de ces
mœurs corrompues , de l'homme courbé fous
la main de l'homme , agrava la difpofition
douloureufe de fon ame , & il revenait au
temple l'indignation dans le cœur, & les foupirs
de l'affliétion fur les lèvres , loifque des
chants vifs & brillans attirèrent fon attention ; ils lui étaient familiers , ils lui étaient
chers : enfant de la nature , le berger tient à
tous les êtres fenfibles par des rapports de
fraternité ; il s'arrète , il écoute & jouit : il
jouit , c'étaient ceux des chantres empreffés

de l'aube matinale ; mais il les cherche des
yeux , & les appercevant à l'extrémité d'une
perspective, suspendues à la voûte azurée d'un
ciel , ouvrage de l'industrie, entourées de ré-
seaux d'or , & arrachées pour jamais aux
fonctions qui leur sont assignées dans le sanctuaire du maître des hommes & des Dieux ,
il reste plongé dans le silence de l'attendris-
sement ; cependant il le rompt , un soupir
est le premier tribut du sentiment qu'il éprouve;
il élève la voix , & leur adresse ces chants
consolateurs, dictés par la tendre compassion:

Pauvres oiseaux ! infortunées captives ! que
je vous plains ! petites alouettes ! . . . . .
l'homme des cités a donc étendu sur vous sa
coupable domination ? car quel habitant des
champs, quel fils de la nature eût osé l'ou-
trager ainsi dans une de ses œuvres ? Mais
c'est en vain qu'il croit jouir loin d'elle de
vos chants gais & mélodieux ; vos chants ne
sont plus ceux qui remuaient l'ame du juste,
donnaient le ton au siens , & leur traçaient
la route des célestes lambris ; ils ont perdu.

leurs charmes avec leur deſtination ; iſs frappent l'oreille de celui qui oſa attenter à votre liberté , mais ils ne vont point juſqu'à ſon cœur.

Meſſagères enjouées du printems , du père des fleurs , des beaux jours & des êtres , l'auteur de la nature vous deſtinait à annoncer aux hommes l'inſtant de ſes nouveaux bienfaits ; votre première chanſon était pour toute la contrée le ſignal de la joie , les hôtes ailés du bocage y répondaient du ſommet des arbres , par de rapides arpégio , & les troupeaux du fond des étables par d'expreſſifs mugiſſemens : l'enfant s'échappait du foyer griſâtre, & foulant la primevère hâtive , ſaluait votre retour par des cris d'allégreſſe ; le jeune berger s'élançait à ſon châlumeau poudreux ; le cultivateur ſe hâtait de raſſembler les divers inſtrumens d'agriculture , que ſes mains avaient façonnés pendant l'hiver ; & le vieillard , appéſanti par l'âge , mais ranimé par l'eſpérance de voir encore une fois la terre récompenſer les travaux qu'il n'a pu que

diriger ; le vieillard defcendait dans la plaine,
fouriait au tapis de verdure qui couvrait fes
guérets , & revenait avec l'ame de feu de
fa jeuneffe , verfer fur fon autel ruftique
la coupe de la reconnaiffance. Tout à votre
voix, meffagères enjouées du printems , tout
renaiffait au plaifir affigné à chaque être ,
départi à chaque âge. Maintenant , trompées
par la température factice du féjour de l'art,
vous n'ofez plus en croire vos fens ; en vain
la première des faifons quitte l'Olympe , &
vient ouvrir pour nous fon brillant période;
elle le parcouft, elle l'a terminé , & vous
craignez encore de la chanter. . . . Vous
n'êtes plus , non, vous n'êtes plus les meffagères enjouées du père des fleurs, des beaux
jours & des êtres.

Lorfqu'après avoir appelé l'homme & les
créatures au lever de l'aurore , guidé leurs
chants religieux vers le féjour des immortels , & achevé l'hymne du matin , vous re-
defcendiez fur la terre , pour leur donner
l'exemple d'une vie active & laborieufe, en

cherchant d'un pas empreſſé & rapide votre frugale nourriture dans le creux des ſillons; le laboureur apprenait de vos airs vifs & joyeux que la gaieté eſt la compagne inſéparable du travail : il preſſait le pas lent & tardif de ſes bœufs, dirigeait ſans efforts le ſoc obéiſſant , & vous devait le calme heureux, la douce ſatisfaction qui eſt attachée au ſentiment du devoir rempli : le berger , enfant de l'harmonie , oubliait ſes geniſſes éparſes dans l'herbe épaiſſe de la prairie , penché ſur ſa houlette, il écoutait avec avidité les cadences variées de votre ramage , partageait votre joie , & ſoupirait : la jeune femme , portant ſon laitage à la ville prochaine , vous entendait en traverſant la bruyère de la colline , vous cherchait des yeux, & appercevant ſon époux attentif à vos chants, elle s'arrêtait, elle lé contemplait avec un doux treſſaillement , deſcendait dans la vallée , & lui diſait : les alouettes chantent, mon bien-aimé; elles chantent le bonheur & celui qui le diſpenſe : Allons

enfemble fous ces hêtres; viens les écouter,
apprendre d'elles à chanter le bonheur &
celui à qui nous le devons; viens, ... &
le berger, la regardant avec tendreffe, prenait fa flûte, & répétait fur vos airs, les
vers immortels du chantre aimable du Limmath; il chantait les beautés de la nature,
les charmes de la vie champêtre, les bienfaits
de l'Eternel, & la vive reconnaiffance des
cœurs purs & fenfibles; il chantait auffi
l'hymen & fes délices, & des larmes femblables à la goutte brillante que la nuit a
dépofée lentement dans le fein de la rofe,
& qui s'en échappe, au fouffle des vents frais
du matin, fans ternir le duvet de fes feuilles,
des larmes, délicieufes à répandre, roulaient
le long des joues de fa bien-aimée. . . . Mais
enlevées déformais à la nature & à fes lois,
captives fous la main impie de l'art, vos
fonctions fur la terre, temple du roi des
Dieux, vos fonctions font fufpendues; le
foleil eft déjà parvenu au plus haut point
de fa carrière, qu'abufées par les ténèbres

qui vous environnent, vous attendez encore
dans un silencieux & triste étonnement que
la sombre fille du chaos s'enfuie devant
l'astre de la lumière : ignorant que vos op-
presseurs vous dispensent de les appeler au
spectacle brillant de l'univers rendu à la vie;
qu'ils redoutent leur propre réveil, dévoué
au souvenir, au cruel & inexorable souvenir
du passé, vous vous hâtez de remplir votre
tâche, d'élever vos voix sonores pour saluer
le père des êtres dans l'astre qui en est
l'image ; mais c'est en vain, vos chants sont
ceux de la reconnaissance, & ne sauraient
avoir d'action sur des ames, qui, fermées aux
tendres affections, mettent ce premier des
sentimens au rang des faiblesses, des erreurs,
& même des défauts. Si les mercenaires,
ministres des faux plaisirs de vos tyrans,
étudient quelquefois vos modulations, c'est
sans connaître leur principe, sans soupçonner
leur but : & l'art, froid imitateur de la
nature, emploie à l'expression du vice le langage divin de la vertu.`. . . Vous chantez

encore l'hymne du matin, mais nulle voix
ne s'unit aux vôtres ; vous vous agitez encore dans votre prifon dorée , pourfuivant
le grain égaré qui fuit fous vos pas dans la
mobile épaiffeur du fable qui en couvre l'aire,
mais votre activité demeure fans influence.
Vous exprimez encore les vives fenfations
d'un être heureux par le travail ; mais aucun ne partage votre bonheur , nul n'eft ému
de la douce fublimité de vos chants ; perfonne ne joint fes accens à vos accens ; les
limites refferrées de votre prifon, font pour
vous les bornes de l'univers ; vos jours s'y
écoulent fans utilité ; vous vous y éteignez
toute entière , fans avoir eu ni frères ni
amis. . . . Que je vous plains, pauvres oifeaux, infortunées captives ! que je vous
plains, petites alouettes !

Ainfi chanta Alexis , & il fe rendit au
temple. L'efpérance , amie de l'homme religieux , l'attendait aux portes du fanctuaire,
la Déeffe en rempliffait l'enceinte ; un calme
doux , précurfeur des bienfaits , fut l'inter-

prête de la Divinité ; & reprenant le chemin de sa cabane , il y trouva l'autel rustique de ses pères , l'holocauste d'actions de grace, & la coupe de la reconnaissance, préparée par Chloé elle-même.

LE

LE NID DE FAUVETTES,

IDYLLE DE BERQUIN.

JE le tiens ce nid de Fauvettes ;
Ils font deux, trois, quatre petits.
Depuis fi long-tems je vous guette,
Pauvres oifeaux, vous voilà pris.

    Criez, fiflez, petits rebelles,
Débattez-vous : Oh ! c'eſt en vain.
Vous n'avez pas encor vos ailes,
Comment vous fauver de ma main ?

    Mais quoi ! n'entends-je point leur mère,
Qui pouſſe des cris douloureux ?
Oui, je le vois, oui, c'eſt leur père
Qui vient voltiger autour d'eux.

    Ah ! pourrai-je caufer leur peine,
Moi, qui l'été, dans les vallons,
Venais m'endormir fous un chêne
Au bruit de leurs douces chanfons.

    Hélas ! fi du fein de ma mère
Un méchant venait me ravir !

Je le fens bien, dans fa mifère,
Elle n'aurait plus qu'à mourir.
Et je ferais affez barbare,
Pour vous arracher vos enfans !
Non, non; que rien ne vous fépare,
Non, les voici, je vous les rends.
Apprenez-leur dans le bocage
A voltiger auprès de vous ;
Qu'ils écoutent votre ramage,
Pour former des fons auffi doux.
Et moi, dans la faifon prochaine,
Je reviendrai dans ces vallons,
Dormir quelquefois fous un chêne,
Au bruit de leurs jeunes chanfons.

GESSNER,

IMPRIMEUR à *Zurich*, peintre de payſage & poëte, Geſſner ne cultiva que la ſeule muſe des champs, mais avec un ſuccès qui lui aſſure le premier rang parmi les chantres bucoliques. Egal en ſimplicité au berger de Sicile, dont il a ſu, imitateur judicieux, éviter la ruſticité groſſière, un peu moins poëte que celui de Mantoue, mais en ayant toutes les grâces, ſenſible & affectueux comme Racan & Durfé, doué de la molle langueur de Ségrais, de la naïveté piquante de Longus & de l'aménité du Taſſe; preſque auſſi fin dans ſon air de négligence que Fontenelle dans ſes traits les plus étudiés; plus naturel enfin, & non moins ingénieux que Lamothe dans

le choix de fes fujets, il l'emporte fur
chacun d'eux en particulier, non-feulement par la réunion de leurs qualités
refpectives, non-feulement par la variété
& la chaleur de fentiment qu'il puifait
dans fon ame, mais par le caractère
invariable de fa mufe, qui ne fut jamais
l'apôtre que des feules vertus. Auffi fa
mémoire & fes productions ne font-elles
pas moins recommandables aux mœurs
qu'aux beaux arts ; & fa patrie a vu
fe multiplier les monumens deftinés à
confacrer le fouvenir de fa double exiftence civile & littéraire : celui qui lui
fut élevé dans les jardins connus fous le
nom d'Hermitage d'Arlsheim, dans l'évê-
ché de Bâle, a donné lieu à une Idylle
qui n'a pas fans doute le mérite des
fiennes, mais qui eft un hommage rendu
à l'homme vertueux dont les ouvrages
influeront fur plus d'un jeune cœur,
dirigé au bien par leur douce morale,
& cette feule intention fuffit pour lui
donner le charme de l'intérêt.

L'HERMITAGE D'ARLSHEIM,

IDYLLE.

BERGERS, hommes doux & fenfibles, amis de la nature, & les miens, venez, allons enfemble à l'hermitage ; là, d'un roc entr'ouvert, jaillit une fource d'eau pure, qui tombe en nappe éclatante, femble fe diffoudre en pouffière, fe réunit fous l'herbe épaiffe du gazon, & s'échappe dans la plaine pour y porter la fécondité. Nulle percée, aucune vue éloignée n'attire l'attention hors de l'enceinte de ces paifibles lieux, dont le filence n'eft interrompu que par le murmure des eaux, qui fe mêle au gazouillement des hôtes de l'air; tout y invite au recueillement, à une douce mélancolie , & à des chants graves & religieux : le creux du rocher s'arrondit en voûte, que tapiffe une mouffe fine & balfamique, & dont le lierre feftonne le cintre : là s'élève un monument confacré à la mémoire de Geffner ; il eft fimple, il eft

H 3

fans ornement ; fon nom feul, (les Faunes & les Nymphes n'ont pas permis qu'on y gravât rien de plus;) fon nom feul a fuffi pour en faire un temple. Il n'eft plus, le chantre harmonieux des bords du Limmath, d'une extrémité de l'Helvétie à l'autre, les bergers des Alpes & du Jura ont dit : il n'eft plus ! . . . . Il n'eft plus ! ont triftement répété les échos des forêts de Zurich, accoutumés aux fons touchans de fon chalumeau; mais fon fouvenir honorable & glorieux vit encore : cher à fes concitoyens, aux fidelles amis des vertus, des grâces & des mufes, il vivra éternellemnt dans les cœurs ; l'homme jufte qui lui devra quelques-unes de fes actions, le tranfmettra à fes neveux, & ils fe plairont à venir répéter ici fes chants immortels, à méditer fes fublimes leçons, à s'entretenir avec fes mânes paifibles, dans un lieu qu'il aurait choifi, s'il l'eût connu, pour y compofer une idylle, ou tracer un deffin.

LA MATINÉE D'AUTOMNE,

IDYLLE DE GESSNER.

DÉJA les premiers rayons du jour doraient
la cime des montagnes, & annonçaient le
plus beau jour d'automne, lorsque Milon
se mit à sa fenêtre : le soleil brillait déjà à
travers des pampres, dont la verdure mêlée
de jaune & de pourpre, formait au-dessous
de la fenêtre un berceau de feuillage, qu'agi-
tait doucement le souffle léger des vents du
matin. Le ciel était serein, une mer de
brouillards couvrait la vallée ; semblables à
des îles, les collines les plus hautes, avec
leurs cabanes fumantes, & la parure bigarrée
de l'automne, s'élevait du sein de cette mer
à la clarté du soleil : les arbres chargés de
fruits mûrs, offraient à l'œil le mélange
piquant de mille nuances de jaune & de

pourpre , avec quelques reftes de verdure, Milon, dans un doux raviffement , laiffait errer fes regards fur cette vafte contrée : tantôt au loin , tantôt plus près , il entendait le bêlement joyeux des brebis , les chalumeaux des bergers , & le gazouillement des oifeaux, qui tour-à-tour fe pourfuivaient dans le vague des airs, ou fe perdaient dans le brouillard de la vallée. Plongé dans une rêverie profonde , il refta long-tems immobile ; mais foudain, tranfporté d'un faint enthoufiafme , il prit fa flûte qui était fufpendue au mur , & chanta ainfi :

Puiffé-je , ô Dieu ! puiffé-je exprimer mes tranfports & ma reconnaiffance par des chants dignes de vous ! la nature épanouie brille dans toute fa beauté ; fes richeffes fe répandent avec profufion ; par-tout règnent la joie & la gaieté ; le bonheur de l'année fourit dans nos vignes & dans nos vergers. Qu'elle eft belle toute cette contrée ! qu'elle eft belle dans la parure bigarrée de l'automne !

Heureux celui dont le cœur pur n'eft

rongé d'aucun remords ; qui, satisfait de sa
fortune, goûte souvent le bonheur de faire
du bien : la sérénité du matin le réveille &
l'invite à la joie : ses jours sont pleins de
charmes, & la nuit prolonge le sommeil le
plus doux : son ame est toujours ouverte aux
impressions du plaisir ! La beauté variée des
saisons l'enchante, & lui seul jouit de tous
les trésors de la nature.

Mais, doublement heureux est celui qui
partage son bonheur avec une compagne que
forment les grâces & la vertu ; avec une
compagne telle que toi, ma chère Daphné.
Depuis qu'hymen unit nos destinées, il n'est
point de bonheur qui soit plus touchant
pour moi. Oui, depuis qu'hymen unit nos
destinées, elles sont comme les accords de
deux flûtes, dont les accens purs & doux,
répètent le même air. Quiconque t'entend
est pénétré de joie : mes yeux décelèrent-ils
jamais un désir, que tu ne l'aies rempli ? ai-je
jamais goûté quelque bonheur, que le tien ne
l'ait augmenté ? jamais un chagrin m'a-t-il

H 5

pourſuivi juſque dans tes bras, que tu ne l'aies diſſipé comme le ſoleil au printems diſſipe les brouillards ? Oui, le jour que je te conduiſis dans ma cabane, je vis tous les charmes de la vie voler à ta ſuite, & ſe joindre à nos pénates pour ne plus nous quitter. L'ordre domeſtique, l'activité & la joie préſident à tous tes travaux, & les Dieux ſe plaiſent à bénir ton ouvrage.

Depuis que tu es la félicité de mon cœur, depuis que tu l'es, ô Daphné ! tout ce qui m'entoure s'embellit à mes yeux, la bénédiction s'eſt repoſée ſur ma cabane ; elle ſe répand ſur mes troupeaux, ſur mes plantes & ſur mes récoltes : le travail de chaque journée eſt une jouiſſance nouvelle, & quand je reviens fatigué ſous ce toit paiſible, quel charme de me ſentir ſoulagé par tes tendres empreſſemens ! Le printems me ſemble plus riant, l'automne & l'été plus riches ; & quand l'hiver couvre notre habitation de ſes triſtes frimats, alors, près de nos foyers, aſſis à tes côtés, je goûte, au milieu des ſoins les

plus doux, je goûte le charme délicieux de
la fécurité domeftique. Que les aquilons fe
déchaînent ; que la chute des neiges cache à
mes yeux toute la contrée ! renfermé près de
toi, je fens, ô ma Daphné! je fens mieux
encore que tu es tout pour moi. Et vous,
aimables enfans, vous mettez le comble à ma
félicité : parés de toutes les grâces de votre
mère, de quelles faveurs céleftes ne nous
offrez-vous pas l'efpérance ? Le premier mot
que Daphné vous apprit à bégayer, ce fut
pour me dire que vous m'aimiez ; la fanté
& la gaieté fourient dans tous vos traits, &
la douce complaifancé règne déjà dans vos
yeux : vous êtes les délices de notre jeun-
neffe ; votre bonheur fera l'appui de nos
vieux jours : quand, de retour des champs,
ou des pâturages, vous m'appelez dès
l'entrée de la cabane par vos cris de joie ;
quand, fufpendus à mes genoux, vous re-
cevez, avec les tranfports de l'innocence,
mes petits préfens, les fruits que j'ai cueillis,
ou les petits inftrumens que j'ai façonnés en

H 6

gardant les troupeaux , pour former vos mains , quoique faibles encore , à la culture des champs & des jardins. Dieux ! combien me touche alors la douce ingénuité de vos plaifirs ! Dans mon raviffement, ô ma Daphné ! je vole dans tes bras ouverts : avec quelle grâce charmante tu baifes les larmes de joie qui coulent de mes yeux !

Tandis qu'il chantait ainfi , Daphné entra, tenant fur chacun de fes bras un enfant plus beau que l'amour. Le matin rafraîchi par la rofée , eft moins touchant que l'était Daphné , les joues couvertes de larmes de joie. O mon ami ! lui dit-elle, nous venons, oui, nous venons te remercier de ce que tu nous aimes. . . . A ces mots, ils ne parlaient pas, ils jouiffaient. Ah ! qui les eût vu dans cet inftant, eût fenti que la vertu feule eft heureufe !

LE SOIR,

IDYLLE DE LÉONARD.

MIRTILE avait quitté son foyer solitaire,
Et promenait ses pas vers un étang voisin,
Qui du flambeau des nuits répétait la lumière.
    L'aspect d'un soir pur & serein,
Le chant du rossignol, le calme des prairies
Entretinrent long-tems ses douces rêveries:
Mais il revint enfin sous les rameaux épais
Qui, devant sa cabane étendaient leur ombrage.
    Là, couché sur le gazon frais,
Sur une de ses mains appuyant son visage,
    Le vieux Lamon dormait en paix.
    Mirtile, ému de cette image,
Les bras croisés, s'arrête & contemple ses traits,
Immobile à sa vue, & plongé dans l'ivresse,
A travers le feuillage il regardait les cieux,
Et des larmes d'amour s'échappaient de ses yeux.
    Unique objet de ma tendresse!
O mon père! dit-il, que tu dors doucement!
Que le sommeil du juste est tranquille & riant!

Peut-être en quittant ta chaumière
Pour respirer du soir le frais delicieux.
Tu seras venu dans ces lieux
Offrir au Créateur une sainte prière ,
Et le sommeil alors aura surpris tes yeux.
Tu priais pour ton fils . . . Ah ! que je suis heureux !
Si je vois sur mes champs reposer l'abondance ,
Si les prés sont couverts de mes troupeaux nombreux ;
C'est toi, c'est ta vertu dont je sens l'influence.
Quand tu souris aux soins que je prends de tes jours ,
Quand tu leves au ciel tes yeux mouillés de larmes
Pour bénir le succès de mes faibles secours. . . . .
O Lamon ! quel moment ! qu'il a pour moi de charmes !
Dans le plus doux transport je reçois tes faveurs ,
Et je couvre tes mains de baisers & de pleurs.

Ressouvenir touchant dont mon ame est émue !
Dans la plaine , aujourd'hui , je conduisais tes pas ;
Tu marchais avec peine appuyé sur mon bras ,
Et près de tes foyers tu promenais ta vue :
En voyant le troupeau bondir sur le gazon ,
Et tes champs te promettre une riche moisson ;
A quel ravissement tu te sentais en proie !
Mon fils, me disais tu, j'ai blanchi dans la joie ;
Témoin de mon bonheur, sois bénie à jamais,
Terre où j'ai vu couler près d'un siècle de paix !
Puissiez-vous prospérer, ô campagnes chéries !

Vous n'avez plus long-tems à récréer mes yeux ;
Bientôt je quitterai vos pélouzes fleuries ,
Pour aller habiter des climats plus heureux.

Ces mots m'ont pénétré d'une douleur amère...
Tu me quitteras donc, ô mon meilleur ami !
Mon père !... pour jamais tu me seras ravi !
O pensée affligeante & qui me désespère !
Alors , pour consacrer ton amour paternel ,
Je veux près de ta tombe ériger un autel ,
          Et s'il me luit un jour propice ,
Où j'aurai fait du bien à quelque infortuné ,
J'irai sur cet autel offrir un sacrifice ,
Et rendre grâce aux cieux du jour où je suis né...
Quel calme attendrissant règne sur son visage !
Comme au sein du sommeil il sourit de plaisir !
De la paix de son cœur cette paix est l'image ;
Il jouit maintenant d'un tendre souvenir.
Hélas ! poursuit Mirtile en jetant un soupir ,
          Peut-être un songe lui présente
Les traits du malheureux qu'à secouru sa main ;
          Et ce spectacle qui l'enchante
          Fait monter sur son front serein
De son humanité l'expression touchante,
Puissent les vents du soir respecter ton sommeil ;
Et détourner de toi leur humide influence !
A ces mots , l'observant dans un profond silence ,
Tranquille & satisfait, il attend son réveil.

LE RETOUR AUX CHAMPS,

IDYLLE DE WIELLAND.

VIENS, ma Doris, s'écria Hilas, en sortant des murs de la superbe Corinthe, dont il était venu visiter, avec sa jeune épouse, les étonnantes beautés ; viens, hâtons-nous de regagner les riantes vallées qui nous servirent de berceau, que Jupiter affectionne, & où règnent en tous tems l'innocence & le bonheur : hâtons-nous, rentrons dans nos cabanes, elles seules offrent d'agréables & paisibles retraites ; c'est dans leur enceinte que le plaisir, frère des vertus, a fixé son séjour ; c'est là que, soumis aux Dieux, fidelle à la nature, l'homme voit ses années s'écouler comme les heures rapides d'un jour de fête. Viens, ma Doris, viens, hâtons-nous de regagner les riantes vallées qui nous fervirent de berceau.

Quels charmes pourrait nous offrir cette habitation des enfans du facrilége Prométhée ? La nature, tributaire de l'art, y prodigue, il eſt vrai, ſes plus précieuſes, ſes plus rares productions ; mais ſi, vaincue par l'infatigable induſtrie, elle n'enfante, des portes de l'aurore aux gouffres ténébreux du couchant, que pour fournir au luxe des favoris de Plutus, alimenter les ateliers que préſide Minerve, & enrichir les palais, les monumens faſtueux de cette ville chérie de Neptune; elle ſe venge en même tems, ô ma bien-aimée ! elle tire la plus terrible vengeance de la violence qu'on lui fait ; chacun de ſes dons renferme un des maux échappés de la fatale boîte qui ſervit de dot à la belle Pandore ; & la douleur, le repentir ou le regret entrent dans le cœur de ces hommes avec la jouiſſance. . . . Quels biens, quels charmes pourrait offrir à des bergers cette habitation des enfans du ſacrilége Prométhée ?

Non, ma Doris, non, ce n'eſt qu'aux lieux
confiés à Pan, à Palès & aux Nymphes,
que ſe plaît la nature, mère & diſpenſatrice
des vrais biens ; ce n'eſt que dans les champs
qu'elle ſourit à l'homme, qu'elle accueille
ſon encens, lui explique ſes lois, & les lui
rend néceſſaires par le beſoin, faciles par
l'habitude, & douces par la jouiſſance attachée à chacune d'elles : jette les yeux ſur
ce tableau qu'elle ſemble étaler pour nous
faire oublier les ſcènes qui nous ont attriſtés
dans l'enceinte de ſa captivité. Quelle harmonie dans ſes parties ! quel accord entre
ce qui a vie & ce qui nous paraît inanimé !
quel enſemble d'êtres heureux ! . . . . Vois le
laboureur traçant ſes longs ſillons près de la
plage tranquille ; ſon ame eſt auſſi calme
que les flots qui s'y balancent ; il chante
l'épithalame de Triptolème, & tout, autour de
lui, ſemble partager le charme dont il jouit :
tout, juſqu'aux compagnons de ſes travaux,
dont le pas meſuré, eſt aſſujetti à la cadence
lente & grave de ſes chants. Entends ſur la

colline ce mélange harmonieux de fons divers ;
les oifeaux , inaperçus dans l'épais feuillage
des arbres , faluent par leur brillant ramage
l'aftre du jour qui s'élève majeftueufe-
ment du fein des mers , les troupeaux ,
raffafiés & bondiffans fur l'herbe encore étincelante des feux du foleil réfléchis dans la
rofée , qui fe balance en globules fur fes
tiges déliées ; les troupeaux font retentir l'air
de leurs doux bêlemens , auxquels répondent
les fiers taureaux , par d'expreffifs mugiffe-
mens , & la cavale légère par des henniffe-
mens que répète & prolonge l'écho : plus
loin , affis fur la pointe faillante du rocher,
d'où il voit d'un même coup d'œil fa cabane , fes pâturages & fes troupeaux ; plus
loin , le berger fait entendre les fons
touchans de fa flûte champêtre ; près du
ruiffeau , qui tantôt fe précipite en cafcade,
tantôt ferpente & murmure , l'enfant pouffe
des cris de joie en s'élançant dans les bras
de fa jeune fœur , qui a feint de fe cacher ;
& leur mère , occupée devant fa métairie

à préparer les laines deftinées au fufeau ;
leur tendre mère, fouriant à leurs jeux
innocens, partageant leur joie, mêle à ces
divers accens, les accens expreffifs du bonheur affigné aux cœurs maternels..... Quel
tableau, ma Doris, quelles images ! quel
enfemble d'êtres heureux ! Non, non, ce
n'eft qu'aux lieux confiés à Pan, à Palès
& aux Nymphes, ce n'eft que dans les
champs que fe plaît la nature.

Hâtons-nous de rentrer dans nos demeures
champêtres ; des colonnes de marbre, il eft
vrai, n'en foutiennent pas les combles, l'or
de l'étranger n'en couvre pas les lambris,
la molleffe, l'orgueil & l'avide intempérance
n'y raffemblent pas l'élite des habitans de
l'air, de l'océan & de la terre, pour
gémir dans les fers, ou tomber fur l'autel
de Momus ; mais auffi le fpectacle de la
fervitude n'y attrifte pas l'ame, les regards
humiliés de l'inférieur n'y endurciffent pas le
cœur, la contrainte du rang n'y enchaîne
pas les tendres affections, & les maladies,

filles de l'avide intempérance, n'y exercent pas leurs cruelles fonctions. Sous le toit ruſtique dont Cérès, de concert avec les Dryades, a fourni les matériaux ; la douce égalité ne demande que des ſervices libres, & ne les acquitte qu'en ſervices empreſſés ; le fort n'apperçoit dans ſa ſupériorité que la précieuſe prérogative de pouvoir être utile au faible ; le reſpect n'y appartient qu'à Jupiter & aux Divinités, miniſtres de ſa bienfaiſance ; la vénération qu'au vieillard, dépoſitaire de l'expérience, & la ſoumiſſion, qu'au ſeul caractère ſacré de père. L'époux eſt le tendre & fidelle compagnon des travaux & des plaiſirs de la femme de ſon choix ; l'enfant eſt l'élève reconnaiſſant, l'ami des auteurs de ſes jours ; l'infortuné ou l'étranger eſt un frère accueilli ; les troupeaux ſont des êtres ſenſibles, confiés aux ſoins de l'homme, à qui ils donnent en échange le ſuperflu de leur lait, de leur toiſon, ou qu'ils aident de leurs forces : tout, ſous nos toits ruſtiques, eſt ſelon la nature & les Dieux....

Hâtons-nous, ma Doris, hâtons-nous, de rentrer dans nos demeures champêtres :

Hâtons-nous, viens, ô la bien-aimée de mon cœur ! la tendre inquiétude habite, depuis notre départ, la cabane où nous avons laissé le vieillard à qui tu dois la vie ; pressons-nous d'aller rendre le calme & la joie à son cœur paternel ; il se croit seul sur la terre : il me semble le voir courbé sur son bâton, promener ses yeux affaiblis sur le sentier du côteau qui termine nos pâturages ; il soupire, il compte les jours de notre absence, & craint de se tromper, de n'être point encore à celui de notre retour. Une biche qui paraît sur la croupe de la montagne, l'abuse & lui fait éprouver le doux tressaillement de l'espérance ; mais elle disparaît, & de lugubres pensées succèdent à cette courte jouissance ; il sent le poids de ses nombreuses années ; il craint de n'avoir pas assez d'instans pour embrasser encore ses amis, les embrasser... & s'endormir dans leurs bras, du sommeil du juste. ... Hâtons-nous,

viens, ô la bien-aimée de mon cœur ! preſſons-
nous d'aller rendre le calme & la joie à ſon
cœur paternel.

Peut-être, & mon cœur en ſoupire, peut-
être ne tarderons-nous pas à répandre des
larmes ſur la tombe de l'homme vertueux ;
mais les Dieux, conſolateurs des peines inévitables, s'empreſſeront de changer nos vifs
regrets, en une religieuſe & douce mélancolie ; bientôt le tendre hymen, oui, bientôt
de jeunes êtres, ton image, feront éclore
dans notre ſein des ſentimens qui nous ſont
inconnus, & fixeront la joie dans notre demeure. La cauſe de cette joie, de cet aimable
délire n'exiſte plus pour nous, il eſt vrai,
des ſenſations plus douces & plus ſoutenues
l'ont remplacé ; mais elle ſera en eux, en
eux, nos enfans, notre ouvrage, déſormais
notre vie, & nous le partagerons encore ce
délire du bonheur de l'enfance. Ils croîtront
ſous notre main, ſous l'œil tutélaire de nos
Lares ; deſtinés à nous remplacer ſur la terre,
chaque jour ils nous reſſembleront davantage,

& trompés par cette reſſemblance, nouveau bienfait des immortels, nous oubliant, pour ne nous voir qu'en eux, nous renaîtrons, nous recommencerons ſucceſſivement les divers âges de la vie ; nous jouirons dans notre automne, des plaiſirs de leur été, & leur bonheur fera encore le nôtre aux jours de la vieilleſſe, qui ſera deſcendue ſur nous, mais lentement, mais ſeule, à l'inſçu de ſes compagnes, des triſtes infirmités. Telle eſt, ma Doris, telle eſt l'exiſtence fortunée de l'homme champêtre, ſoumis aux Dieux, fidelle à la nature ; tel eſt le ſort qui nous attend ſous notre toit ruſtique : hâtons-nous, viens, viens, ô ma bien-aimée ! hâtons-nous de regagner les riantes vallées qui nous ſer-virent de berceau.

J. B.

J. B. ROUSSEAU.

CE poëte célébre , dont le Parnaffe
français s'honorera dans tous les fiècles ,
voulut , en faifant la critique des bergeries de Fontenelle , donner à fes con-
temporains un modèle du bon genre
bucolique ; mais trop religieufement
attaché aux anciens , renfermés dans le
champ peu fertile d'une feule paffion ,
l'Eglogue qu'il publia eft abfolument
dénuée d'intérêt , & fur-tout de cet intérêt fentimental qui était inconnu à
Théocrite & à Virgile , que madame
Déshoullières n'avait efquiffé que par
inftinct , & que les Allemands favent fi
bien manier ; d'ailleurs , elle ne pouvait
manquer d'admirateurs , étant , en même
tems , un chef-d'œuvre de poéfie pour

I

l'homme de goût , & une arme pour les sectaires de l'antiquité , ennemis par état de tout novateur , & particulièrement du délicat , trop délicat Fontenelle, dont les personnages bucoliques n'étaient en effet, que des gens de cour déguisés en bergers , & qui n'en savent pas bien imiter les manières.

LE RETOUR AU HAMEAU,

EGLOGUE DE J. B. ROUSSEAU.

PALÉMON & DAPHNIS.

PALÉMON.

Quels lieux t'ont retenu caché depuis deux jours,
Daphnis ? nous avons cru te perdre pour toujours,
Chacun fuit, difions-nous, ces champêtres afiles,
Nos hameaux font déferts, & nos champs inutiles.

DAPHNIS.

O mon cher Palémon, ne t'en étonne pas,
Ces lieux pour nos bergers ont perdu leurs appas ;
La ville a tout féduit, & fa magnificence
Nous fait de jour en jour hair notre innocence.
Je l'ai vue, à la fin, cette grande cité :
Quel éclat ! mais hélas ! quelle captivité !

I 2

Cependant nous courons , fuyant la folitude ,
Dans fes murs chaque jour briguer la fervitude ;
Sous de riches lambris qui ne font point à nous,
Devant fes habitans nous ployons les genoux :
J'ai vu même près d'eux nos bergers , nos bergères
Affecter , je l'ai vu, leurs modes étrangères ,
Contrefaire leurs geftes , imiter leurs chanfons ,
Et de nos vieux pafteurs méprifer les leçons.
Qui l'eût cru ? de nos champs l'agréable peinture,
Ces fertiles côteaux où fe plaît la Nature,
Le frais de ces gazons , l'ombre de ces ormeaux ;
Nos ruftiques débats , nos tendres chalumeaux ;
Les troupeaux, les forêts , les prés , les pâturages,
Sont pour eux déformais de trop viles images :
Ils favent feulement chanter fur leurs hautbois
Je ne fais quel jargon inconnu dans nos bois,
Tiffu de mots brillans où leur efprit fe joue ,
Badinage affecté que le cœur défavoue :
Enfin , te le dirai-je , ô mon cher Palémon ,
Nos bergers n'ont plus rien de berger que le nom.

P A L É M O N,

Et pourquoi retenir encor ce nom champêtre ?
S'ils ne font plus bergers , pourquoi veulent-ils l'être ?
Le lion n'eft point fait pour tracer les fillons ,
Ni l'aigle pour voler dans les humbles vallons.

Voit-on le paon fuperbe, oubliant fon plumage,
De la fimple fauvette affecter le ramage?
L'amarante emprunter les couleurs du gazon,
Et le loup des brebis revêtir la toifon?

DAPHNIS.

O fi jamais le ciel à nos vœux plus facile,
Faifait revivre ici ce berger de Sicile!
Qui le premier chantant les bois & les vergers,
Au combat de la flûte inftruifit les bergers;
Ou celui qui fauva des fureurs de Bellone,
Ses troupeaux trop voifins de la trifte Crémone!
Tous deux pleins de douceur, admirables tous deux,
Soit que de deux pafteurs ils décrivent les jeux,
Soit que de Theftilis l'impérieufe folie
Reffufcite en leurs vers l'art de la Theffalie;
Quel Dieu fur leurs doux fons formera notre voix?
Ne reverrons nous plus paraître dans nos bois
Les Faunes, les Silvains, les Nymphes, les Dryades,
Les Silènes tardifs, les humides Naïades;
Et le Dieu Pan, lui-même, au bruit de nos chanfons,
Danfer au milieu d'eux à l'ombre des buiffons?

PALÉMON.

Que faire, cher Daphnis? nos regrets ni nos plaintes,
Ne rendront pas la vie à leurs cendres éteintes,

Mais toi, difciple heureux de ces maîtres vantés ;
J'ai vu que de tes fons nous étions enchantés ;
Quand fous tes doigts légers l'air trouvant un paffage
Exprimait les accens dont ils traçaient l'image ,
Les Mufes t'avouaient , & de leurs favoris
Ménalque eût ofé feul te difputer le prix.

DAPHNIS.

Il l'aurait difputé contre Apollon lui-même ;
Mais le foin de fa voix fait fon plaifir extrême.
Quant à moi qui me borne à de moindres fuccès,
Quelque gloire pourtant a fuivi mes effais ;
Et même nos pafteurs, mais je fuis peu crédule ,
M'ont quelquefois à lui préféré fans fcrupule.

PALÉMON.

J'aime ces vers qu'un foir tu me dis à l'écart :
Ce n'eft qu'une chanfon , fimple & prefque fans art ;
Mais les timides fleurs qui fe cachent fous l'herbe ,
Ont leur prix auffi-bien que le pavot fuperbe.
De grâce, cher Daphnis , tâche à t'en fouvenir.

DAPHNIS.

Je m'en fouviens , elle eft aifée à retenir :
« L'ardente canicule a tari nos fontaines ,

» l'aurore de ses pleurs n'arrose plus nos plaines ;
» On voit l'herbe mourir dans tous les champs voisins ;
» Le rosier est sans fleurs , le pampre sans raisins.
» Qui rend ainsi la terre aride & languissante ?
» Faut-il le demander ? Célimène est absente. »

PALÉMON.

Et ceux que tu chantais , je m'en suis souvenu ;
Quand nous vîmes passer ce berger inconnu.

DAPHNIS.

« J'ai conduit mon troupeau dans les plus gras herbages ;
» Cependant il languit parmi les pâturages ;
» Qu'avons-nous fait ? hélas ! quel Dieu pour se venger
» Fait périr à la fois & moutons & berger ?
» Mais non, c'est ce berger , dont l'œil sombre m'allarme
» Qui , sans doute sur nous , a jeté quelque charme. »

PALÉMON.

Tu m'en fais souvenir , oh , qu'il fut étonné !
Je crois que de long-tems il ne t'a pardonné,
Mais si j'osais encor te faire une prière,
Te souvient-il du jour que dans cette bruyère
Tu chantais , en goûtant la fraîcheur du matin ,
Ces beaux vers imités d'un grand pasteur latin ?

Revenez, revenez, aimab'e Galathée,
Jamais chanfon ne fut à l'air mieux ajuſtée.

DAPHNIS.

Il eſt vrai, mais, berger, chaque chofe a fon cours ;
Autrefois à chanter j'aurais paſſe les jours ;
Tout change maintenant, les guerrières trompettes
Font taire les hautbois & les ſimples muſettes.
Quelle oreille endurcie à leur bruit éclatant,
Voudrait à nos chanfons accorder un inſtant ?
Les accens les plus doux des cygnes du Méandre,
A peine trouveraient quelqu'un pour les entendre.
Finiſſons, auſſi-bien le foleil s'obſcurcit
Du côté du midi le nuage groſſit ;
Et des jeunes tilleuls qui bordent ces fontaines
Le vent femble agiter les ombres incertaines.
Adieu, les moiſſonneurs regagnent le hameau,
Et Licas a déjà ramené fon troupeau.

LES ZÉPHYRS,

IDYLLE DE GESSNER.

PREMIER ZÉPHYR.

POURQUOI voltiger ainſi ſans deſſein parmi
ces roſiers ? Viens, volons enſemble au fond
de ce vallon ; ces ombrages cachent les
Nymphes qui ſe baignent dans les eaux tranſ-
parentes de l'étang.

SECOND ZÉPHYR.

Je ne te ſuivrai point : vas folâtrer autour
des Nymphes ; un ſoin plus touchant m'occupe ici ; je rafraîchis mes ailes dans la roſée
qui baigne ces fleurs, & j'y recueille
d'agréables parfums.

I 5

PREMIER ZÉPHYR.

Est-il un soin plus doux que de se mêler aux jeux de Nymphes qui ne respirent que la gaieté ?

SECOND ZÉPHYR.

J'en connais un bien plus doux ; une jeune bergère, belle comme la plus jeune des Grâces, passera bientôt sur ce sentier : au retour de chaque aurore, tenant sous le bras une corbeille pleine , elle va à cette cabane écartée, sur le sommet de la colline ; l'apperçois-tu ? c'est celle dont le toit de mousse réfléchit les premiers rayons du soleil : c'est là que Mélinde porte du soulagement à l'indigence. Une femme jeune & vertueuse , mais infirme & pauvre , occupe cette humble chaumière: deux enfans dans la première fleur de l'innocence , pleureraient de faim , au pied du lit de leur mère infortunée , si Mélinde n'était pas leur ange tutélaire. Ravie d'avoir consolé l'indigence , elle va revenir , ses belles joues animées d'un fentiment de joie, & fes beaux yeux baignés encore des larmes de la pitié : j'attends fon retour dans ce buiffon de rofes. Dès que je la verrai paraître, je volerai à fa rencontre, & mes ailes répandront autour d'elle les plus doux parfums, rafraîchiront fes joues brûlantes ; & je baiferai les pleurs prêts à s'échapper de fes yeux. Voilà le foin qui m'occupe.

PREMIER ZÉPHYR.

Tu m'attendais : que le foin qui t'occupe eft doux ! Je veux, comme toi, rafraîchir mes ailes dans la rofée qui baigne ces fleurs; comme toi, j'y veux recueillir des parfums, &, comme toi, je veux au retour de Mélinde, voler au-devant d'elle. Mais la voilà qui fort du bocage ; belle comme le matin d'un beau jour ; la vertu fourit fur fes lèvres de rofes ; fon maintien eft celui des Grâces. Allons, déployons nos ailes ; je n'aurai jamais rafraîchi des joues plus vermeilles, ni un vifage plus enchanteur.

L'ARBRE CHÉRI, (1)

IDYLLE DU CHEVALIER DE CUBIÈRE.

Arbre majeſtueux qui de tes verts lambris
M'as prêté ſi ſouvent les paiſibles abris,
Avant que ma bergère abſente de ces rives,
Abandonnât mon ame aux douleurs les plus vives ;
Salut. Je ne viens point, monarque des forêts,
T'arroſer de mes pleurs, t'adreſſer des regrets ;
Des regrets ou des pleurs réparent-ils l'abſence ?

---

(1) Cette Idylle philoſophique ne pouvait être
ſuſceptible de l'intérêt ſoutenu qui en fait le charme,
que ſur la flûte des deux rivaux du chantre de Syracuſe,
que M. le chevalier de Cubière a préféré, & qui,
ſous ſes doigts, ſemble n'avoir point changé de maître.
D'ailleurs, en adoptant leur manière gracieuſe & ſpirituelle pour les ſujets qui ſont de ſon invention ; il
a prouvé par ceux qu'il a imités de la Muſe allemande,
qu'il n'eût pas tiré un moindre parti du chalumeau
de Théocrite ou du hautbois de Virgile, s'il leur eût
donné la préférence du reſpect ſur parole.

Le plus faint des devoirs eft la reconnaiffance.

Je viens de ce devoir près de toi m'acquitter ;

J'ai reçu tes bienfaits, je veux les mériter.

Le fils de Darius, de qui l'audace altière

Jadis contre l'Europe arma l'Afie entière,

Ainfi que moi d'un arbre innocemment épris,

Le vengea noblement d'un injufte mépris.

Ce généreux monarque, alors maître d'un monde

Où de l'aftre du jour l'influence féconde

Mûrit les diamans, & les perles & l'or,

Chargea fon arbre aimé de ce triple tréfor.

Je ne fuis point un roi, modefte en mes offrandes ;

Je n'ai pu te donner que de fimples guirlandes ;

Je n'ai pu te donner, ami des doctes Sœurs,

Que des vers qui déjà trouvent mille cenfeurs :

« Un arbre, difent ils, privé d'ame & de vie,

» Eft-il fait pour régner fur votre ame affervie ?

» Indifférent à tout, aux vertus, aux forfaits,

» Il ne diftingue point l'injure des bienfaits :

» Il eft toujours le même, il ne fent ni ne penfe,

» Et foit qu'on le puniffe, ou qu'on le récompenfe,

» Jamais il n'offre aux yeux qu'un tronc inanimé

» Incapable d'aimer, indigne d'être aimé »

N'ont-ils pas devant moi pouffé la barbarie

Jufqu'à vouloir porter fur fa tête chérie

L'inftrument meurtrier où fe croifent deux fers ?

Par qui l'arbre perdant ses rameaux les plus verts,
Monarque sans couronne, au passant qui le brave,
Dans son front mutilé n'offre plus qu'un esclave.
Ah ! s'ils l'osent remplir ce projet inhumain :
O mon arbre chéri ! si leur profane main
Touche avec le ciseau ta verte chevelure,
Puissent-ils essuyer, pour prix de cette injure,
Un châtiment qui soit à leur forfait égal !
Puisse des noires Sœurs le ciseau plus fatal,
Accélérant ses coups, trancher leur destinée;
Et telle que ta feuille aux vents abandonnée,
Puisse leur cendre errer long-tems dans l'univers,
Et leur ame descendre au séjour des pervers !
Ce vœu n'est point assez encor pour les confondre
A tous leurs vains discours il est tems de répondre.
Un voile est sur leurs yeux, il faut l'en détacher.
Hommes qui méprisez cet arbre qui m'est cher,
Qui de sentir, d'aimer le croyez incapable,
Revenez, revenez de cette erreur coupable.
La terre, ainsi qu'à vous lui servit de berceau ;
Quand vous étiez enfant, il était arbrisseau :
Il a crû comme vous ; comme vous, avec l'âge,
Il a développé ses rameaux, son feuillage ;
Comme vous il reçut de la puissante main
Qui d'un limon grossier tira le genre humain,
Une sève de feu, vivifiante, active,

Qui, toujours réparant la chaleur fugitive,

Des pieds monte à la tige, emplit tous les vaisseaux,

De la tige s'élève, atteint tous les rameaux;

Des rameaux abreuvés, par des routes voisines

Retourne, redescend jusque dans les racines,

Et toujours circulant, même après les beaux jours,

Dans son règne éternel se succède toujours.

Le sang, cette liqueur dont vous tenez la vie,

Hommes, n'est-elle pas à ces lois asservie?

Suivez-la dans son cours; du cœur elle descend,

Entre dans chaque veine, & s'y philtre en passant;

Va, par mille détours, cachés, imperceptibles,

Humecter du cerveau les fibres invisibles;

Y forme la pensée, y nourrit ces esprits,

Pères de la raison, qu'elle-même a produits.

Retourne vers sa source, admirable Méandre,

Et ne remonte encor qu'afin de redescendre.

　　Vous méprisez mon arbre? eh! ne voyez-vous pas

Qu'au printems, comme vous, il alonge ses bras,

Pour les entrelacer avec les bras d'un frère,

Qu'il est né pour aimer, qu'à tout autre il préfère?

La vieillesse s'apprête à courber vos genoux,

La mort à vous porter d'inévitables coups:

Comme vous il mourra, dompté par la vieillesse;

Comme vous de ses bras il perdra la souplesse;

Mais son dernier moment est encor éloigné,

Et votre heure dernière a peut-être sonné ;

Un souffle vous abat, il brave les tempêtes, ...

Vous méprisez mon arbre ! alors que sur vos têtes

Le tems aura jeté neuf lustres redoublés,

Et qu'elles fléchiront sous leurs ans rassemblés,

Vous ne serez pas loin de l'instant redoutable,

Vous tomberez, & lui devient toujours plus stable ;

Victorieux du tems par qui tout est vaincu,

Il sera jeune encor quand vous aurez vécu.

Immobile, il verra vos rapides années

Passer comme un torrent devant ses destinées ;

Il vous verra mourir & ses larges rameaux

De leur ombrage épais couvriront vos tombeaux.

MIRTIL ET THYRSIS,

Idylle de Gessner.

Mirtil s'était rendu pendant une nuit de printems fur un côteau qui dominait la plaine : quelques branches sèches alimentaient un feu clair, auprès duquel le berger, feul, étendu fur le gazon, parcourait de fes regards errans, le ciel femé d'étoiles, & la campagne éclairée par la lune. Tout-à-coup, inquiet d'un bruit léger qu'il entendait dans l'obfcurité, il regarda derrière lui, c'était Thyrfis : fois le bien venu, lui dit Mirtil, affis-toi près du feu ; par quel hafard viens-tu ici, pendant que tout dort dans le canton ?

THYRSIS.

C'eft toi, Mirtil ? bon foir ; fi j'avais cru

te trouver ici, je n'aurais pas tant héfité á
fuivre la lueur de cette flamme, qui brille
au milieu de l'obfcurité répandue fur la vallée.
Ecoute, à préfent que la fombre clarté de la
lune, & la folitude de la nuit nous invitent
à des chants graves, écoute ce que j'ai à
te propofer : je te donnerai une belle lampe
d'argile, travaillée artiftement par mon père;
c'eft un ferpent avec des ailes & des pieds;
il ouvre une large gueule, dans laquelle
brûle une petite mèche ; l'animal replie fa
queue en haut, pour former une anfe commode ; je t'en ferai préfent, fi tu veux me
chanter l'aventure des deux époux de la
colline de Diane.

MIRTIL.

Je le veux bien, mon cher Thyrfis ; le
filence de la nuit, cette clarté douce &
mélancolique de la lune, les accens mêmes
du roffignol qui, feul, rend hommage à
cette divinité, tout, en effet, invite à des

chants graves. Charges-toi donc d'entretenir
ce feu ; voici des branches sèches , prends
garde qu'il ne s'éteigne pendant que je chanterai l'aventure de Daphnis & de Chloë.

Antres des rochers , répétez mes accens
plaintifs , faites retentir au loin mes chants
lugubres, dans les bois & fur le rivage.

La lune éclairait l'horizon : folitaire fur le
rivage , Chloë attendait impatiemment un
bateau dans lequel Daphnis devait traverfer
le fleuve ; il l'avait quitté au lever de
l'aurore, pour aller offrir un agneau & fa
mère au temple de la cité voifine. Qu'il
tarde long-tems, mon époux , difait-elle !
& le roffignol fe taifait pour écouter les
accens de fa tendreffe. Qu'il tarde ! Mais....
écoutons , j'entends un bruit femblable à
celui des flots , lorfqu'ils frémiffent contre
un bateau. Viens-tu ? . . . non , hélas! non.
Flots bruyans , pourquoi cherchez-vous à
me tromper ? Ne vous jouez pas de la tendre
impatience d'une bérgère tremblante. . . . Où
es-tu, à préfent , ô mon Daphnis ? où es-

tu ? traverfes-tu les bois facrés ? defcends-tu
la colline pour gagner le rivage ? Ah !
puiffent tes pieds légers ne rencontrer aucune
épine ; qu'aucun ferpent ne bleffe tes talons!
Chafte Déeffe , dont les flèches n'ont jamais
manqué d'atteindre leur but : Diane, répands,
fur fon paffage ta douce clarté : & toi,
Latone , toi qui connus les angoiffes d'un
cœur maternel , prends un père , un père
chéri & utile fous ta protection. . . . . Oh !
quand il fortira du bateau , avec quelle
ardeur je l'entourerai de mes bras ! je le
prefferai fur mon fein. . . . . Mais , pour
cette fois , certainement , ô flots ! vous ne
me trompez pas. Frémiffez légérement autour de fa frêle barque , portez-la mollement fur le bord où je l'attend. Et vous,
Nymphes des eaux , fi jamais vous avez
connu les douceurs de l'hymen , fi jamais
vous avez fu ce que c'eft que d'attendre un
objet chéri. . . . Ah ! je le vois ! . . . Cher
Daphnis, ... tu ne me réponds point ?....
Daphnis; . . . . Dieux! . . . juftes Dieux !...

A ces mots Chloë tomba évanouie sur la rive.

Antres de ces rochers, répétez mes accens plaintifs, faites retentir au loin mes chants lugubres, dans les bois & sur le rivage.

Un bateau renversé flottait sur les ondes : la lune éclairait cette triste aventure. Chloé, évanouie, était étendue sur la rive ; un silence ténébreux avait succédé à ses chants. Cependant elle revint à la vie. Quel réveil ! quel retour ! La lune se cacha derrière les nuages. . . . Chloé était assise au bord du fleuve, tremblante & muette ; ses soupirs & ses sanglots soulevaient sa poitrine : enfin, elle jeta un cri perçant ; l'écho porta dans toute la contrée les accens de son désespoir ; un gémissement inquiet résonnait dans les bois & parmi les buissons ; elle se tordait les bras, elle se frappait le sein, s'arrachait les cheveux. . . . . Daphnis ! s'écriait-elle, dans le désordre de la douleur, Daphnis ! . . . flots perfides ! Nymphes barbares ! Ah ! infortunée, que je suis ! Eh quoi, ... quoi,

j'héfite, ... je tarde encore à chercher la
mort dans ces ondes, dans ces ondes qui
m'ont ravi la plus chère moitié de moi-
même, celle que je tenais des Dieux. ...
Et à l'inftant elle fe précipita du rivage
dans le fleuve.

Antres de ces rochers, répétez mes accens
plaintifs, faites retentir au loin mes chants
lugubres, dans les bois & fur le rivage.

Mais les Nymphes attendries avaient or-
donné aux ondes de la porter fur leur
dos. Nymphes cruelles, jufque dans votre
pitié, s'écria-t-elle, ah ! ne vous oppofez
point à ma mort ! Flots, hâtez-vous de
m'engloutir ! mais les flots ne l'engloutirent
point : ils la portèrent doucement fur leur
dos jufqu'aux bords d'une petite île, & la
déposèrent fur la mouffe qui les tapiffait.
Daphnis avait gagné cette île à la nage :
avec quelle tendreffe, avec quels tranfports
elle fut reçue & fe précipita dans les bras
de fon époux ! .... Mais j'effayerais inutilement d'exprimer par mes chants ce qu'elle

reſſentit alors. Telle & moins vive encore eſt la joie du roſſignol, époux & père, lorſqu'il s'eſt envolé de ſa priſon : ſa compagne, ſolitaire & tremblante, avait paſſé les nuits à gémir ſur la cime de l'arbre qui domine le buiſſon protecteur de ſa jeune famille : maintenant il vole à ſa compagne qui le voit & doute encore : ils ſoupirent, ils ſe béquettent, ils entrelacent leurs ailes frémiſſantes, ils expriment leurs tranſports par des chants d'allégreſſe, & interrompent le ſilence de la nuit.

Antres de ces rochers, ceſſez de répéter des ſons plaintifs, faites retentir la joie dans les bois & ſur le rivage ; & toi, Thyrſis, donne-moi la lampe ; je t'ai chanté l'aventure des deux époux de la colline.

LA TEMPÊTE,

IDYLLE DE BERQUIN.

LYCAS & PALÉMON.

Un silence effrayant s'étendait dans les airs ;
Deffus des monts altiers, de ténébreux nuages,
S'élevant pefamment de l'abyme des mers ,
Sur l'horizon obfcur entaffaient les orages.
Les bergers , à grands pas , regagnaient les hameaux.
Seuls du haut d'un rocher , dont la cime hardie
En demi-voûte au loin s'élançait fur les flots ,
Lycas & Palémon laiffant fuir leurs troupeaux ,
De l'orage naiffant attendaient la furie.
Que j'aime , dit Lycas , ces lugubres horreurs !
Dépouillés de leurs fruits , nos champs , du noir borée
   N'ont plus à craindre les fureurs ;
Je ne fais quel tranfport, furmontant mes terreurs ,
  Verfe en mon ame une ivreffe facrée.

         Quel

Quel fpectacle impofant frappe déjà nos yeux !
L'orage dort encor dans un morne filence ,
Mais qu'il s'éveillera d'un réveil furieux !
Si l'afpect d'un beau jour peint la bonté des Dieux,
Qu'ils font dans la tempête éclater leur vengeance !

PALÉMON.

Ce n'eft pas nous, au moins, que pourfuivent leurs coups,
Qui pourrait leur déplaire en d'innocens afiles ?
Elever nos troupeaux , rendre nos champs fertiles ,
Ne font point des forfaits dignes de leur courroux.

LYCAS.

Eh bien , reftons ici ; la foudre, fur nos têtes
Fait déjà retentir fes longs ébranlemens ,
    Du fond de leurs fombres retiaites
Entends-tu des troupeaux les fourds gémiffemens ?
Ils font tous déchaînés les enfans des tempêtes.
Vois l'Olympe vomir un déluge de feux ,
Des arbres fracaffés vois fe courber la cime ,
Et les flots combattus des vents féditieux ,
En rochers efcarpés s'élever jufqu'aux cieux ,
Puis , énormes torrens , retomber dans l'abyme.

K

PALÉMON.

Ciel !.. un vaisseau, Lycas... à ces infortunés,
Sauvez, Dieux immortels ! sauvez du moins la vie.
Mais fur eux, à grand bruit, la vague appesantie...
Sous les flots tournoyans ils roulent entraînés...
Malheureux ! pourquoi fuir votre douce patrie ?
N'y pouviez-vous en paix goûter un heureux fort,
Sans affronter des mers l'horrible précipice ?
Voyez où vous conduit une folle avarice ;
Vous cherchiez la richesse, & vous trouvez la mort.

LYCAS.

De leurs larmes, en vain, vos enfans folitaires
    Arroferont les foyers paternels ;
    En vain, dans leurs tendres prières,
Iront-ils de Neptune embraffer les autels ;
Il eft fermé pour vous, le tombeau de vos pères.
Dieux ! fi vous nous aimez, ne fouffrez pas au moins,
Que pour chercher comme eux une vaine opulence
J'abandonne les champs où je pris la naiffance,
Lorfque mon feul troupeau fuffit à mes befoins.

PALÉMON.

Viens, defcendons, Lycas ; peut-être fur la plage
Trouverons-nous leurs corps rejetés par les flots.

S'ils vivent , de leurs sens nous leur rendront l'usage;
 S'ils ne sont plus , de propices tombeaux
A leurs mânes , plaintifs sur l'infernal rivage ,
 Vont assurer un éternel repos.

 Ils descendent soudain Etendu sur l'arène ,
Un jeune homme y rendait le soupir de la mort.
Rien ne put ranimer son expirante haleine.
Son tombeau , de leurs mains , fut creusé sur ce bord.
Et lorsqu'ils y venaient au Dieu du sombre empire,
Porter , en sa faveur , leurs vœux compatissans,
Des avares humains ils plaignaient le délire;
Et reprenaient joyeux leurs travaux innocens.

AMINTAS,

IDYLLE DE GESSNER,

Nous venions de Milète, Lycas & moi, porter notre offrandre à Apollon ; déjà nous apperceuions de loin la colline fur laquelle le temple, orné de colonnes d'une blancheur éclatante, s'élève du fein d'un bois de lauriers, vers la voûte azurée des cieux : il était midi ; le fable brûlait la plante de nos pieds, & le foleil dardait fi directement fes rayons fur nos têtes, que les boucles de cheveux qui couvraient notre front, prolongeaient leurs ombres fur tout le vifage. Le lézard haletant, fe traînait à peine à travers la fougère qui bordait le fentier : on n'entendait que la cigale & la fauterelle gazouiller fur l'herbe brûlée des prés : à chaque pas, il s'élevait une pouffière enflammée qui nous brûlait les

yeux, & fe collait fur nos lèvres defféchées.
Nous graviffions ainfi la montagne, accablés
de langueur ; mais bientôt nous hâtames le
pas en appercevant, fur le bord du chemin,
quelques arbres hauts & touffus : leur
ombrage était auffi fombre que la nuit.
Saifis d'un frémiffement religieux, nous en-
tramus dans ce bocage ; il offrait à la fois
tout ce qui pouvait récréer nos fens : ces
arbres touffus entouraient un parterre de
gazon, arrofé par une fource de l'eau la
plus puie & la plus fraîche ; des branches,
chargées de poires & de pommes dorées,
s'inclinaient vers le baffin, & les troncs des
aibies étaient entrelacés de fertiles buiffons,
de l'églantier, de la giofeille & du mûrier
fauvage : la fontaine foitait en bouillonnant
du pied d'un tombeau, entouré de lierre &
de chévrefeuils. O Dieux ! m'écriai-je, quel
charme on refpire en ce lieu ! Mon cœur
bénit celui dont la main bienfaifante a
planté ces ombrages. C'eft ici, fans doute,
que repofent fes cendres : voici, dit Lycas,

K 3

quelques caractères que j'apperçois fur le
frontifpice , entre ces rameaux de chévrefeuils , peut-être nous apprendront-ils quel
eft celui qui daigna pourvoir au foulage-
ment du voyageur fatigué. Il fouleva les
rameaux avec fon bâton , & lut ces mots :
» Ici repofent les cendres d'Amintas ; fa vie
» entière ne fut qu'une chaîne de bienfaits ;
» voulant encore faire du bien long-tems
» après fa mort, il conduifit cette fource en
» ce lieu , il y planta ces arbres. » . . . .
Que ta cendre foit bénie , homme généreux !
que tous les tiens , que tous ceux que tu
laiffas après toi , foient bénis à jamais. En
difant ces mots , je vis quelqu'un s'avancer
vers nous ; c'était une femme jeune & belle,
d'une taille fvelte ; elle portait un vafe de
terre fous fon bras , & s'approchant de la
fontaine ; je vous falue , nous dit-elle ,
d'une voix gracieufe ; vous êtes étrangers ;
accablés du long chemin que vous avez
fait pendant la chaleur du jour : auriez-
vous befoin de quelque rafraîchiffemens que

vous n'ayez point trouvés ici. Nous te re-
mercions, lui répondis-je ; nous te remer-
cions, femme aimable & bienfaifante ; que
pourrions-nous défirer encore ! L'eau de cette
fontaine eft fi pure, ces fruits fi délicieux,
cet ombrage fi frais : nous fommes pénétrés
de vénération pour l'homme de bien dont la
cendre repofe ici : fa bienfaifance a prévenu
tous les befoins du voyageur. Tu parais être
de cette contrée ; l'aurais-tu connu ? ah !
dis-nous, tandis que nous repofons à la
fraîcheur de ces ombres, dis-nous quel fut
cet homme vertueux. Alors, cette femme
s'affied fur le pied du tombeau, pofa fon
vafe à côté d'elle, & s'appuyant deffus,
elle nous dit avec un fourire gracieux.

Amintas était fon nom : honorer les
Dieux, faire du bien aux hommes, c'était
pour lui le bonheur le plus doux. Dans
toute cette contrée il n'eft pas de berger qui ne
révère fa mémoire, avec la reconnaiffance
la plus tendre ; il n'en eft pas un qui ne
raconte, en verfant des larmes de joie,

K 4

quelque trait de fa bonté : moi-même je lui dois tout ; c'eſt par lui que je fuis la plus heureufe des femmes. . . . . Ici, fes yeux fe remplirent de larmes. . . . La femme de fon fils, ... mon père était mort, il nous avait laiſſées, ma mère & moi, dans la douleur & dans la pauvreté : retirées dans une cabane folitaire, nous y vivions du travail de nos mains & des bienfaits de la vertu : deux chèvres nous donnaient leur lait ; un petit verger, fes fruits ; c'étaient là tous nos tréfors. Ce calme dont nous jouiſ-fions ne dura pas long-tems : ma mère mourut, & je reſtai fans appui, fans con-folation. Amintas alors me prit dans fa maifon, me laiſſa la conduite du ménage, & fut plutôt mon père que mon maître. Son fils, le meilleur, le plus beau berger de ces hameaux, vit mes travaux fidelles & mes foins affidus : il prit pour moi le plus vif intérêt, il me le dit., . . . mais je ne voulus point m'avouer ce que mon cœur éprouva dans ce moment. Damon, lui dis-je, oublie

tes fentimens , ils m'honorent , mais je fuis
née dans l'indigence & trop heureufe de fervir
dans ta maifon. Un matin que j'étais à l'entrée
de la cabane , occupée à préparer , pour le
travail , la laine des troupeaux , Amintas
rentra & s'affit à côté de moi , au foleil du
matin : après m'avoir regardée quelque tems
avec un fouiire plein de bonté ; mon enfant ,
me dit-il , ta candeur , tes foins , ta modeftie
me charment ; je t'aime , & je veux , fi
les Dieux nous favorifent , je veux te voir
heureufe. Eh ! ne fuis-je pas déjà heureufe ,
ô mon cher maître , puifque je fuis l'objet de
vos bienfaits ! c'eft tout ce que je pus lui
répondre , & des larmes de reconnaiffance
coulèrent de mes yeux. Mon enfant , me
dit-il , je voudrais honorer la mémoire de
ton père & de ta mère ; dans ma vieilleffe
je voudrais voir le bonheur de mon fils &
le tien. Il t'aime ; fa tendreffe , dis-moi , te
rendrait-elle heureufe ?.... L'ouvrage échappa
de mes mains ; je rougis , & reftai immobile
devant lui. Il me prit la main : la ten-

K. 5

dreſſe de mon fils, me dit-il encore une fois, ſa tendreſſe te rendra-t-elle heureuſe? Je tombai à ſes pieds, ma voix expira ſur mes lèvres ; je preſſai ſa main contre mes joues mouillées de larmes ; & depuis ce jour fortuné, je ſuis la plus heureuſe des femmes... Après un moment de ſilence, elle reprit ainſi : tel était l'homme qui repoſe ſous cette tombe. Dans ſes derniers jours, il venait ſouvent s'aſſeoir ſur le bord du chemin ; d'un air affable & doux, il ſaluait le voyageur & lui offrait des rafraîchiſſemens. Eh ! quoi, dit-il un jour, ſi je plantais ici quelques arbres fruitiers ; ſi, ſous leur ombrage, je conduiſais une ſource ; l'eau & l'ombre ſont loin de ces lieux ; je ſoulagerais encore après moi l'homme fatigué, qui languit aux ardeurs du midi. Ce deſſein fut promptement exécuté : il fit conduire ici une ſource, & à l'entour il planta des arbres fertiles, dont les fruits mûriſſent en différentes ſaiſons : l'ouvrage achevé, il ſe rendit au temple d'Apollon, & ayant préſenté ſon offrande,

il fit cette prière : « O Dieu ! fais profpérer
» les jeunes arbres que je viens de planter ;
» que l'homme religieux , qui va à ton
» temple , puiffe fe récréer fous leur om--
» brage. »

Le Dieu avait exaucé fa prière ; Amintas
s'étant réveillé de bonne heure le jour fuivant,
fes premiers regards fe portèrent fur le chemin ; quel fut fon raviffement ! lorfqu'à la
place des arbriffeaux qu'il avait plantés, il
vit des arbres hauts & touffus : ô Dieux !
s'écria-t-il , ô mes enfans ! dites-moi , eft-ce
un fonge-? Je vois les arbriffeaux que j'ai
plantés hier , changés en arbres forts &
puiffans. . . . Remplis d'une fainte admira-
tion, nous allâmes tous au bocage ; déjà
les arbres dans toute leur vigueur étendaient
au loin leurs branches touffues ; déjà l'extrémité de leurs rameaux, cédant au poids des
fruits mûrs, fe courbaient jufque fur le gazon
fleuri. O prodige ! dit le vieillard , dans
l'hiver de mes ans, je me promenerai encore
fous ces ombres ! Nous rendimes graces ;

& facrifiâmes au Dieu qui avait furpaffé les vœux d'Amintas. Mais, hélas ! ce vieillard chéri des Dieux, ne vit pas long-tems la verdure de ces berceaux ; il mourut, & nous l'avons enfeveli dans ces lieux, afin que tous ceux qui repoferont fous cet ombrage, béniffent fa cendre.

A ce récit, pénétré de refpect, nous bénimes la cendre de l'homme de bien, & nous dimes à fa fille : « cette fource nous » a paru bien douce, la fraîcheur de cette » ombre nous a récréés, mais bien plus » encore le récit que tu viens de nous faire; » que les Dieux béniffent tous les inftans » de ta vie ! Et pleins d'un fentiment reli- » gieux, nous portâmes nos pas au temple » d'Apollon. »

L'AURORE,

IDYLLE,

Par Madame la Comtesse du R. . . .

CET oiseau dont le chant prévient toujours l'aurore,
Annonce que bientôt nous la verrons éclore ;
Viens, Ismène, montons sur le côteau voisin,
Sois témoin avec moi d'un spectacle divin.
De roses parsemant sa brillante carrière,
Elle ouvre du matin l'immortelle barrière ;
Emule en même tems & fille du soleil,
Elle offre à nos regards un visage vermeil.
Tout s'émeut, son aspect ranime la nature ;
C'est en vain que Tithon en la quittant murmure ;
Divinité propice aux humains malheureux,
Elle aime, elle se plaît à leur porter ses feux.
Par-tout ces feux vainqueurs se forment des issues,
La nuit leur cède, au loin ils vont dorer les nues ;

Tithon n'est pas le seul épris de ses appas :
Quel mortel, chère Ismène, & quel Dieu ne l'est pas ?
La campagne reprend ses couleurs, sa parure ;
Le ciel répand sur elle une eau subtile & pure,
Qui, pénétrant bientôt le tendre sein des fleurs,
Relève leur éclat, augmente leurs odeurs.
Zéphyre fait sentir ses aimables haleines ;
Je l'entends folâtrer sur le bord des fontaines ;
Je vois de toute part les jeux & les plaisirs,
Se présenter en foule, & combler les désirs.
Châteaux, jardins, vergers, bois, prairies & rivières ;
Que d'objets différens produits par sa lumière !
Vois-tu ce laboureur, actif, impatient,
Qui presse de ses bœufs le pas tardif & lent ?
Envoyant aux échos sa chanson ingénue,
Aux lieux de son travail il conduit sa charue.
Vois plus loin Zéphirine avec Amarillis,
De la danse déjà se disputer le prix :
Et, plus près, des chasseurs dont la meute rapide
Avec ardeur poursuit un animal timide ;
Vois... il la fuit en vain... On le force, il se rend
Et tombe sous les coups d'une mortelle dent.
L'agneau quitte l'étable, il court aux pâturages,
Le pipeau des bergers égaie les rivages ;
Regarde un voyageur que l'allégresse suit ;
Qui répare le tems dérobé par la nuit.

Des échos attentifs, entends la voix légère
Répéter les chansons d'une jeune bergère ;
Dans cette eau vois Prognée reprendre sa vigueur,
Son aile sur son corps en répand la fraîcheur.
Au bord de ce bosquet observe Philomèle,
Consacrant son ramage à l'aurore nouvelle,
S'élançant d'un vol sûr vers la plaine des airs.
Mille oiseaux à son chant unissent leurs concerts ;
Sur maintes fleurs, au gré du jeune fils d'Eole,
Des légers papillons la troupe active vole.
L'industrieuse abeille, à l'œillet, au jasmin,
Diligente, va faire un innocent larcin.
Ismène, ces objets, cet éclat me rappelle,
Ces tems si regretés où l'homme était fidelle :
Repos, ans sans hivers, plaisirs purs, jours sereins ;
Mille douceurs faisaient le bonheur des humains.
Cérès abondamment prodiguait ses richesses ;
Sans peines de Bacchus on cueillait les largesses ;
La sagesse, les mœurs des mortels innocens,
Faisaient régner sur eux un éternel printems.
Revenez, siècle heureux d'Astrée & de Cybèle ;
Le brûlant Syrius, la froidure cruelle,
Nous viennent aujourd'hui tourmenter tour-à-tour.
Vain espoir ! vains désirs ! vous fuyez sans retour.
De vos jours fortunés il ne nous reste encore

Que les inftans légers d'une riante aurore,.

Le crime répandu , le crime audacieux ,

A fait ceffer ces biens dont nous comblaient les Dieux ;,

Et rendant la nature en misères fertile ,

Il ne nous a laiffé qu'un regret inutile.

L'HOMME JUSTE,

IDYLLE,

Par M. de S**, Mar.

PENDANT une belle foirée d'automne, le vieillard Lifandre, affis devant fa cabane, expofée au couchant, jouiffait encore une fois des rayons du foleil, devenu, comme lui, plus faible & moins ardent.——De tems en tems il levait les yeux vers le ciel, & lui demandait un terme auffi paifible au déclin de fon âge. Quelques momens apiès, le fpeétacle de la nature lui faifait oublier le grand nombre de fes années : pour la quatre-vingt-dixème fois, il la voyait fubir le changement des faifons. Lifandre l'avait toujours vue & admirée ; Lifandre la voyait,

& l'admirait encore ; la nature eſt ſi belle ! —— Preſſentant qu'il en jouiſſait pour la dernière fois , il demeura long-tems dans une pieuſe extaſe. Tout doucement, & ſans être vu , Philandre ,· l'aîné de ſes enfans , s'était approché derrière lui ; il reſpecta d'abord le ſilence éloquent du vénérable vieillard ; mais le reſpect céda bientôt à l'amour ; le fils ſe précipite dans les bras de ſon père , qui s'écrie : « Si je finiſſais ma vie en ce » moment , mon dernier jour ferait un jour » heureux. » Ils s'embraſſent de nouveau , & il reprend : mon fils , ... je t'ai promis depuis long-tems un cantique , le cantique du juſte ; l'heure pour laquelle je te le réſervais , eſt , je crois , arrivée; Philandre , tu m'entends peut-être pour la dernière fois..... Ma voix eſt faible , mais elle aura toujours aſſez de force pour un ſujet ſi beau. Et il chanta ainſi : —— Qu'il eſt doux d'être vertueux ! —— La vie de l'homme juſte ſe paſſe auſſi paiſiblement que les eaux tranquilles du ruiſſeau qui s'écoule avec lenteur à

travers la prairie : comme elles, le juste laisse
après lui l'abondance & la félicité ; comme
elles, on le désire, on le chérit, on le
regrette.'——— Qu'il est doux d'être vertueux!—
La nature veille en tout tems sur l'homme
juste ; elle préside à sa naissance, & lui
donne des parens aussi sages que tendres,
qui prennent soin de sa jeunesse, & le forment
à la vertu. Dans peu il devient robuste comme
eux : le premier usage qu'il fait de ses forces,
est d'en aider ses parens déjà débiles ; il
voudrait leur rendre tout ce qu'il en a reçu.
Mais bientôt la nature parle à son cœur:
il sent le besoin d'une compagne ; une digne
épouse vient s'offrir à ces innocens désirs ;
le plus tendre amour les captive bientôt dans
les plus doux liens : Une aimable & nom-
breuse postérité est le fruit d'un si saint
hymen : ils font leur bonheur de celui de
leurs enfans, pour en mériter dans la suite
un juste retour. Les années se multiplient ;
ces vertueux époux courbent peu à peu sous
leur poids : enfin, ils y succombent, regrettés

des leurs, contens d'eux ; ils meurent comme ils ont vécu. —— Qu'il est doux d'être vertueux ! —— Les infortunés béniffent l'homme juste, fes compatriotes l'aiment, & l'étranger l'estime : les plaisirs les plus doux fe rassemblent tous fous fon humble toit ; les propos gais, les jeux innocens charment fes loisirs, couronnent fes repas, & le difposent à de nouveaux travaux : & pour completer fon bonheur, l'amitié, la tendre amitié s'affied à fa table. —— Qu'il est doux d'être vertueux ! —— Pour l'homme juste, l'aurore est toujours belle, le jour toujours ferein, la nature toujours dans fon printems. Le réveil de l'homme juste est le fignal du bonheur ; fes momens font tous remplis : l'infortuné les compte prefque tous pour lui. La nuit ne furprend pas le juste avant qu'il ait profité du jour ; le doux fommeil vient alors fermer fes paupières ; il dort, & ne craint pas d'être réveillé au bruit des remords; la paix est la compagne de l'innocence : le calme de la nuit n'est pas plus profond que

celui de fon cœur. ——— Qu'il eſt doux
d'être vertueux ! ———

Le méchant, il eſt vrai, partage avec le
juſte la lumière du jour ; la nuit étend ſes
voiles paiſible ſur l'un comme ſur l'autre ; ſur
l'un & l'autre la nature répand ſes bienfaits ; mais qu'elle ſait bien diſcerner la
veitu du vice ! Ces mêmes préſens de la
bonne nature, qui font le bonheur du juſte
qui en ſait jouir , font une ſource de maux
pour le méchant qui en abuſe. La liqueur
vermeille de Bacchus donne à l'homme ſobre
des forces qu'elle ôte à l'intempérant. ———
Qu'il eſt doux d'être vertueux ! ——— Quel-
quefos auſſi des nuages ſombres viennent
obſcurcir les beaux jours de l'homme juſte ;
ſes plaiſirs font quelquefois traverſés de
peine ; mais c'eſt une ingénieuſe précaution
de la nature , pour lui mieux faire ſentir le
prix du bonheur : quelque revers qui lui
arrive , il conſerve toujours un bon cœur,
un eſprit droit , une belle ame ; une voix

confolante lui crie fans ceffe : ne crains rien,
tu es jufte. ———— Qu'il eft doux d'être vertueux ! ———— La nature aime le jufte, lui
accorde une heureufe enfance, une belle
jeuneffe, une vieilleffe aimable : elle lui
donne des parens fages, une époufe chafte,
de tendres enfants, de vrais amis, une fanté
parfaite, une terre fertile, une vie fortunée,
une mort confolante. Le jufte eft heureux
fils, heureux époux, heureux ami.————
Qu'il eft doux d'être vertueux ! —— Mais,
des larmes coulent de tes yeux, mon fils,
reprit le vieillard, en embraffant Philandre;
j'aime à te voir fenfible à cette image : fois
toujours jufte, & tu feras toujours heureux:
cherche à faire le bien, & tu trouveras le
bonheur.

Ce furent les dernières paroles de Lifandre:
il ignorait que la mort, placée derrière lui,
depuis quelques inftans, n'avait ofé inter-
rompre, par fa préfence, une fcène auffi
touchante. A peine le vieillard eut-il fini,

qu'elle s'offre à ses regards ; Lisandre la
voit sans effroi, il l'attendait sans crainte ;
il embrasse encore une fois Philandre ; la
mort saisit cet instant, le frappe ; . . . . &
l'ame du père passa dans celle du fils.

LE MONUMENT

DE LA RECONNAISSANCE,

IDYLLE DE LÉONARD.

ZIRPHILE & DAPHNIS.

DAPHNIS.

Nous voici fous l'ormeau que Lycas a planté :
Vois comme il porte au loin fon falutaire ombrage!
Quand j'entends les zéphyrs agiter fon feuillage ,
Il me femble qu'un Dieu voltige à mon côté.
Aibre majeftueux , tu feras d'âge en âge ,
Le monument du zèle & de l'humanité.
Lycas vit fon troupeau détruit par un orage ;
Et ce troupeau détruit compofait tout fon bien.
Damon l'apprend , l'aborde , & lui tient ce langage :

                                                Je

Je connais ton malheur & mon cœur le partage ;
Viens ; je n'ai plus de père , & tu feras le mien.
Lycas le regardait , & pleurait de tendreffe :
O mon fils , difait-il ! ô mon unique appui !...
   Damon fentait la même ivreffe :
Il l'embraffait , Zirphile , & pleurait avec lui.

ZIRPHILE.

Damon pleurait auffi ! quel moment plein de charmes !
  Ah ! qu'elles font douces les larmes
   Qui coulent fur les maux d'autrui !
Combien de fois j'ai dit , en voyant l'indigence,
Pourquoi fuis-je fi pauvre ?... & je foupire alors.
Oui, Daphnis , fi le ciel m'eût donné des tréfors ,
Tout ce qui m'environne eût vécu dans l'aifance.

DAPHNIS.

L'homme qui fait du bien coule en paix d'heureux jours ;
Jamais aux noirs foucis fon ame n'eft en proie ;
Il jouit d'un fommeil tranquille dans fon cours ,
  Et fe réveille dans la joie.
  Damon connut un fort fi beau ;
Lycas de fon ami partagea l'abondance ;
Et les mains du vieillard ont planté cet ormeau

Comme un gage immortel de ſa reconnaiſſance.
Jamais à ce bel arbre un vent impétueux,

      Jamais le tems n'a fait d'outrage.

Son ſuperbe ſommet, élancé dans les cieux,
Du voyageur ému frappe de loin les yeux;
Le vieux berger ſoupire, aſſis ſous ſon feuillage;
Souvent la tendre mère y mène ſes enfans,

      Et, pour les rendre bienfaiſans,

Leur montre en ſouriant cette touchante image.
Ah, laiſſons après nous de pareils monumens!
Afin qu'errant un jour dans l'ombre d'un bocage,
On ſente à leur aſpect de doux frémiſſemens.

LE BIENFAIT

RÉCOMPENSÉ,

IDYLLE DE GESSNER.

AMINTAS revenait de la forêt, il était courbé fous une lourde charge de perches, deftinées à clorre fon jardin, & fuivait, haraffé de fatigues, les finuofités du ruiffeau, lorfqu'il apperçut un jeune chêne chancelant fur fes racines, prefque dépouillées, par la violence des eaux, de la terre qui les avait alimentées. Quel dommage, dit-il, qu'un fi bel arbre, l'efpoir de celui qui l'a planté, foit renverfé dans ce torrent! d'ailleurs, il fert d'afile à une Nymphe; le fort de fa Dryade eft peut-être attaché au fien; non, ajouta-t-il, en accélérant le pas, non, ta cime ne fera point engloutie dans les flots,

tu ne ferviras point de jouet à leur fureur,
& les fils de celui qui t'a planté chanteront
un jour fous ton ombrage, ils y célébreront
les Dieux & le bonheur ; & il mit à terre
les perches deftinées à clorre fon jardin. Il
les taille, il en conftruit une forte digue,
qu'il remplit de terre, & jetant fur fon
ouvrage un œil fatisfait, il reprenait fa hache
pour retourner à la forêt, lorfqu'une voix
gracieufe fe fit entendre à travers l'écorce du
chêne : arrête, berger bienfaifant, je ne te
laifferai point partir fans te marquer ma
reconnaiffance ; quel défir formes-tu ? parle ;
tu es pauvre, je le fais, tu ne mènes que
cinq brebis aux pâturages.... O Nymphe !
repliqua vivement le berger, puifque tu
daignes me permettre le choix, mon voifin
Palémon eft malade depuis la moiffon, fais
qu'il recouvre la fanté !

Sa prière fut accueillie, Palémon recouvra
la fanté, mais Amintas éprouva de plus la
protection de la Naiade, il devint un riche
berger ; les Dieux fe plaifent furtout à récom-
penfer la bienfaifance.

LE SIÈCLE PASTORAL,

IDYLLE DE GRESSET.

PRECIEUX jours dont fut ornée
La jeuneffe de l'univers ,
Par quelle trifte deftinée
N'êtes-vous plus que dans nos vers ?

Votre douceur charmante & pure
Caufe nos regrets fuperflus ,
Telle qu'une tendre peinture
D'un aimable objet qui n'eft plus.

La terre , auffi riche que belle,
Uniffait dans ces heureux tems ,
Les fruits d'une automne éternelle
Aux fleurs d'un éternel printems.

Tout l'univers était champêtre ,
Tous les hommes étaient bergers ,
Les noms de fujets & de maître
Leur étaient encore étrangers.

Sous cette jufte indépendance ,
Compagne de l'égalité ,

L 3

Tous, dans une même abondance,
Goûtaient même tranquillité.

Leurs toits étaient d'épais feuillages;
L'ombre des faules leurs lambris,
Les temples étaient des bocages,
Les autels des gazons fleuris.

Les Dieux defcendaient fur la terre
Que ne fouillaient aucuns forfaits,
Dieux, moins connus par le tonnerre,
Que par d'équitables bienfaits.

Vous n'étiez point dans ces années,
Vices, crimes tumultueux!
Les paffions n'étaient point nées,
Les plaifirs étaient vertueux.

Sophifmes, erreurs, impofture,
Rien n'avait pris votre poifon,
Aux lumières de la nature
Les bergers bornaient leur raifon.

Sur leur république champêtre
Regnait l'ordre; image des cieux,
L'homme était ce qu'il devait être,
On penfait moins, on vivait mieux.

Ils n'avaient point d'aréopages
Ni de capitole fameux,
Mais n'étaient-ils point les vrais fages,
Puifqu'ils étaient les vrais heureux.

Ils ignoraient les arts pénibles,
Et les travaux nés du besoin:
Des arts enjonés & paisibles
La culture fit tous leurs soins;

La tendre & touchante harmonie,
A leurs jeux doit ses premiers airs:
A leur noble & libre génie
Apollon doit ses premiers vers.

On ignorait dans leurs retraites
Les noirs chagrins, les vains désirs;
Les espérances inquiétes,
Les longs remords des courts plaisirs.

L'intérêt au sein de la terre,
N'avait point ravi les métaux,
Ni soufflé le feu de la guerre,
Ni fait des chemins sur les eaux.

Les pasteurs dans leur héritage
Coulant leurs jours jusqu'au tombeau,
Ne connaissaient que le rivage
Qui les avait vus au berceau.

Tous, dans d'innocentes délices
Unis par des nœuds pleins d'attraits,
Passaient leur jeunesse sans vices,
Et leur vieillesse sans regrets.

La mort qui pour nous a des ailes,
Arrivait lentement pour eux,

Jamais des caufes criminelles
Ne hâtaient fes coups douloureux.
Chaque jour voyait une fête,
Les combats étaient des concerts,
Une époufe était la conquête,
L'hymen jugeait du prix des airs.

La bergère aimable & fidelle
Ne fe piquait point de favoir ;
Elle ne favait qu'être belle,
Et fuivre la loi du devoir.

La fougère était fa toilette,
Son miroir le criftal des eaux,
La jonquille & la violette
Etaient fes atours les plus beaux.

On la voyait dans fa parure
Auffi fimple que fes brebis ;
De leur toifon commode & pure
Elle fe filait des habits.

Elle occupait fon plus bel âge
Du foin d'un troupeau plein d'appas,
Et fur la foi d'un chien volage
Elle ne l'abandonnait pas.

O règne heureux de la nature !
Quel Dieu nous rendra tes beaux jours !
Juftice, égalité, droiture,
Que n'avez-vous régné toujours !

L'AGE D'OR, (1).

IDYLLE DE KLEIST.

L'AGE d'or, cher Lac...., n'a point cessé avec le siècle pastoral. Personne ne le fait mieux que vous, qui, sous les lois de

---

(1) Cette Idylle fut adressée à M. le chevalier de Lacoste-Maucune, maréchal de camp, alors commandant les troupes Françaises laissées dans *Ham*, pour couvrir le pays pendant l'hiver de 1757 à 1758. Elle fut d'autant mieux accueillie, qu'indépendamment de son mérite effectif, elle consacrait un nom cher à la patrie de l'auteur, dont cet officier général avait mérité la reconnaissance par le résultat de ses habiles dispositions qui suppléèrent les deux moyens, bien cruels, que lui prescrivaient ses instructions; le premier, l'inondation des terres, en faisant rompre les écluses de cette place; le second, la destruction des grains & fourrages, qui y étaient emmagasinés, & que, non-seulement il conserva, mais qu'il fit distribuer aux habitans; digne emploi du génie

L 5

l'homicide Mars, fûtes en même tems l'ami
des Mufes, le difciple chéri de l'auguffe
Sageffe, & le modèle des vertus fociales;
mais s'il exifte encore, cet âge du bonheur,
ce n'eft que dans le cœur du jufte, que pour
l'homme à qui le paffé permet de porter,
fans crainte, fes regards fur l'avenir; pour
celui qui, comme vous, peut embellir le
préfent, ou adoucir fes rigueurs par les
fouvenirs d'une vie pure, religieufe & fans
tache.

Le Sibarite Arifthée, coupable & malheureux, l'apprit enfin, mais trop tard :
c'eft en vain, difait-il un jour, en pro-

& de l'art militaire que les Romains, appréciateurs
du vrai mérite, n'auraient pas manqué d'honorer,
& qui trouva fa récompenfe dans la mention que les
papiers publics d'Allemagne, & notamment la gazette
de Cologne, furent chargés d'en faire.

L'Age d'or eft un des derniers chants bucoliques
du major Kleift, tué en 1759, & n'avait point encore été traduit, ainfi que les Alouettes de Wielland,
le Retour aux champs, l'Hermitage d'Arlsheim, &
plufieurs autres Idylles de ce choix.

menant ſes regards ſombres & flétris ſur le vallon , ſur les collines du Tempé ; c'eſt en vain que je cherche dans la ſolitude des champs le calme de l'eſprit , la douce paix de l'ame , ces biens qu'on attribue à la condition rurale ; non, non , ils n'exiſtent point , ils ne furent ſuppoſés que pour ſervir d'excuſe à une nature marâtre.

Le voilà , ce ſéjour ſi vanté de la candeur, de l'innocence & de la félicité ; voilà ce mont révéré que les inſpirés d'Apollon nous repréſentent comme le ſanctuaire du doux printems & la retraite chérie des immortels ; c'eſt dans cette vallée , ſi on les en croit , que le vertueux Deucalion , & Pyrrha , mère du genre humain , vinrent , après avoir repeuplé la terre , jouir de la récompenſe due à une exiſtence utile & ſans reproche..... Où donc eſt l'influence de ce prétendu ſéjour de la divinité ? où eſt l'empreinte du cœur maternel de la nature ? où eſt l'image du bonheur ? . . . .

Une ceinture de ſombres nuages entoure

L 6

ce mont filencieux, ces collines privées des dons de Bacchus & de Cérès, n'offrent aux regards que des cabanes ifolées, retraites de l'indigence ; la vallée ne retentit que du mugiffement mélancolique des taureaux, des roucoulemens plaintifs du ramier, du bruit fourd & importun des flots de l'Eurotas, & des chants monotones du berger, trifte enfant de l'oifiveté & de l'ennui...... Un vert uniforme s'étend jufqu'aux fables arides que la mer amoncele à l'entrée de cette gorge ; ces pins qui s'élèvent des crevaffes du rocher grifâtre pour être le jouet des vents, ces funèbres cyprès, ce chêne à demi déraciné & penché fur le torrent qui fe précipite avec fureur vers le gouffre qui l'attire ; ce faule folitaire, enfin, dont le tems a rongé le cœur, tout, dans ce féjour fi vanté, tout porte le caractère d'une nature ennemie de fes œuvres.... Non, non, c'eft en vain que je cherche dans la folitude des champs le calme de l'efprit, la douce paix de l'ame, ces biens imaginaires, vaine excufe d'une nature marâtre.

Telles étaient les plaintes d'Aristhée, coupable & malheureux, lorsqu'une voix, faible, peu sonore, mais expressive & douce, attira son attention ; c'était un vieillard ; une tunique de laine blanche descendait jusqu'à ses pieds, des tiges de lierre, tressées avec de l'acanthe, assujettissaient ses cheveux argentés, dont l'extrémité flottante avait l'éclat des nuages qui servent quelquefois de char à la Déesse des nuits ; la sérénité était sur son front & la majesté d'un être chef-d'œuvre de la création, animait ses yeux, ses traits & l'ensemble de sa statue ; il était debout sur les bords du fleuve, & lui adressait sa prière du matin.

« Fils de l'Océan, père des Nymphes &
» de la fertilité, divin Eurotas, reçois
» l'hommage qui t'est dû, & permets que tes
» flots portent jusqu'au palais de Neptune,
» créateur de cette terre, & le Dieu inter-
» cesseur de ses habitans, permets qu'ils
» portent jusqu'à lui le tribut de reconnais-
» sance qu'un mortel n'oserait présenter lui-

» même au puissant maître de l'Olympe.

» Vingt lustres se sont écoulés doucement
» comme les eaux paisibles de ton urne,
» depuis que, détaché de l'ame universelle
» je jouis, sous cette forme passagère, des dons
» qu'il départit à l'homme. Le premier de
» ses bienfaits fut de m'appeler à la vie sur
» cette terre qu'affectionne ses ministres :
» puissent les diverses actions de ma longue
» existence, mériter que le dernier soit de
» mêler mes cendres à celle de l'homme
» juste qui pleura sur le monde détruit, &
» s'endormit ici sur le monde régénéré !

» Les Vertus, filles chéries de Jupiter,
» entourèrent mon berceau sous les traits
» révérés des auteurs de mes jours ; elles
» protégèrent ma faible enfance, formèrent
» mon ardente jeunesse, assurèrent à mon
» été le calme de l'esprit, la douce paix de
» l'ame, & donnent à mon hiver le charme
» heureux des souvenirs : puisse le culte que
» je leur ai rendu les fixer encore autour de

» mon tombeau fous les traits de mes der-
» niers neveux ! »

Le vieillard fe tut , & fes yeux demeu-
rèrent attachés au féjour de la divinité ;
fon ame s'y était élancée fur un rayon de
l'efpérance ; mais fes fens , affaiblis par l'âge,
la rappelèrent bientôt , & fes regards fe portèrent avec complaifance fur les diverfes
parties de cette contrée qui avait été pour
lui le fein maternel d'une nature alternati-
vement bienfaifante ou confolatrice. -- Quel
caractère impofant , s'écria - t - il , après un
court filence , & plein d'un fentiment délicieux , quel afpect augufte te donne la préfence des Dieux , fuperbe Tempé ! tes pieds
pèfent fur le Tartare , ton front fe couronne
d'aftres étincelans , & ta ceinture de nuages
renferme en même tems les foudres venge-
reffes & les pluies fécondantes. Tes filles ,
les jeunes Oréades , rangées autour de toi ,
ne font fubordonnées qu'au feul Dieu des
bergers ; jamais leur fein ne fut déchiré ,
ni par les enfans de Cérès , ni par ceux

de Bacchus ; jamais l'élève de Minerve ne conçut l'audacieuse pensée de surcharger leur front de palais somptueux , ni d'assujettir à des règles les deffins variés que Flore se plaît à tracer chaque jour sur le vert tendre de leur voile. Instruites, par les faveurs de Jupiter, à chercher , à trouver le bonheur dans la bienfaisance , chacune d'elles prend sous sa protection une heureuse famille ; une seule cabane est l'objet de ses dons , & de l'entrée du bocage planté par ses aïeux , le vieillard voit en même tems tous les objets chers à son cœur , les femmes de ses fils vaquant dili-gemment aux soins intérieurs, ses troupeaux bondissant sur le gazon de la colline devant leurs jeunes conducteurs ; ses génisses , rassa-siées , qui errent & mugissent dans la vallée , & ses premiers nés qui , assis à l'ombre de la forêt , perfectionnent leurs frères dans l'art du chant , leur répètent des airs qui, tantôt inspirés par la reconnaissance , tantôt dictés par la tendresse, font également, font toujours l'expression du bonheur , soit qu'ils s'adressent

aux Dieux ou au père qui les repréfentent,
foit qu'ils célèbrent les charmes de l'amitié,
les vertus aimables d'une époufe chérie, ou
les grâces naïves des tendres fruits d'un hymen
fortuné. Tout à fes yeux porte l'empreinte
d'une main protectrice, tout lui fourit, ou
réveille le fentiment de fa douce exiftence;
tout, jufqu'aux objets qui contraftent le plus
avec ces images riantes, ces fables amoncelés
par les flots & difperfés par les vents, ce
rocher dépouillé de fa robe de mouffe, ces
pins nés pour braver la tempête, ce torrent
qui fe précipite à travers les obftacles, &
attaque avec fureur le chêne orgueilleux qui
réfifta à l'aquilon, cette grotte ténébreufe
couronnée de cyprès, & ce faule folitaire;
chacun de ces objets femble avoir été placé
à l'extrémité de ce vallon pour en faire ref-
fortir les beautés, & avertir fans ceffe fes
heureux habitans que hors de fa paifible
enceinte règnent les paffions, les vices, &
leurs funeftes effets, deftructeurs des vrais
biens, le calme de l'efprit, la douce paix
de l'ame....

Le vieillard , en achevant ces mots ,
reporta fes regards fur le fommet du Tempé,
foupira , d'un foupir plein de douceur , &
Arifthée s'écria : Dieux tout-puiffans , vous
m'éclairez enfin ! quelle était mon erreur !
Non , non , ce n'eft point à la folitude des
champs , à la condition paftorale que vous
avez attaché les biens réels , le calme de
l'efprit , la douce paix de l'ame , mais aux
fouvenirs , aux feuls fouvenirs d'une vie
pure , religieufe & fans tache ! . . . Il dit ,
& foupira , mais d'un foupir plein d'amertume , car il était coupable & malheureux.

FIN.

TABLE.

Fin de la Table.